당신이 찾던
무서운 이야기

당신이 찾던
무서운 이야기

초판 1쇄 발행 | 2024년 12월 12일
초판 2쇄 발행 | 2025년 01월 17일

엮은이 | 코비엣TV
펴낸이 | 박영욱
펴낸곳 | (주)북오션

주 소 | 서울시 마포구 월드컵로 14길 62 북오션빌딩
이메일 | bookocean@naver.com
네이버포스트 | post.naver.com/bookocean
페이스북 | facebook.com/bookocean.book
인스타그램 | instagram.com/bookocean777
유튜브 | 쏠쏠TV·쏠쏠라이프TV
전 화 | 편집문의: 02-325-9172 영업문의: 02-322-6709
팩 스 | 02-3143-3964

출판신고번호 | 제 2007-000197호

ISBN 978-89-6799-855-4 (03810)

*이 책은 (주)북오션이 저작권자와의 계약에 따라 발행한 것이므로 내용의 일부 또는 전부를 이용하려면 반드시 북오션의 서면 동의를 받아야 합니다.
*책값은 뒤표지에 있습니다.
*잘못 만들어진 책은 구입하신 서점에서 교환해 드립니다.

목차

1장
지하 2층 헬스장의 비밀 · 008
귀신이 죽였다 · 019
시골에서 겪은 일 · 026
삼덕마을에 다녀온 뒤 · 036
강남 반지하 방 이야기 · 043
공인중개사가 말하는 귀신 나오는 집 · 050

2장
우이동 MT · 060
시체닭이 아르바이트 · 067
각산 약수터에 올라갔던 실화 · 076
체육고등학교 귀신 이야기 · 085
귀신 보는 고문관(?) 후임 · 090
마트 야간근무 중 생긴 일 · 099

3장
친구 집 다락방 · 112
밤나무숲의 별장 · 120
밤낚시의 소름 돋는 추억 · 126
배달 알바 중 만난 수상한 손님 · 133
불타오른 집 · 140
춤추는 귀신 · 148

4장

방파제 구조담 · 158
폐장례식장 · 162
경기도 세컨하우스 · 171
소름끼치는 충고 · 177
폐가에서 · 182
낚시 금지 구역 · 190

5장

보이는 눈과 들리는 귀 · 198
편의점 야간근무 · 206
헌책방 · 215
수살귀(水殺鬼) · 221
헌옷수거함 · 225
해녀 귀신 · 234

지하 2층 헬스장의 비밀
귀신이 죽였다
시골에서 겪은 일
삼덕마을에 다녀온 뒤
강남 반지하 방에서 겪은 이야기
공인중개사가 말하는 귀신 나오는 집

1장

지하 2층 헬스장의 비밀

– 직접 경험 –

이 이야기는 내가 실제로 보고, 겪고, 들은 것을 있는 그대로 옮긴 것이다. 지금의 코비엣TV라는 유튜브 채널을 시작할 수 있었던, 나의 첫 귀신 목격담이다.

때는 약 10여 년 전, 서울 소재의 모 헬스장에서 일하며 겪었던 이야기다.

당시 체대생이었던 나는 전공을 살려 아르바이트를 구하기 시작했다. 그러던 중 면접을 보게 된 곳이 지하 2층에 있던 그 헬스장이었다. 왜 하필 지하 1층도 아니고 지하 2층일까? 하는 생각을 하며 면접을 보러 갔다. 생각했던 것보다 회원도 많고 활기찬 곳이었다. 나는 여기 출근을 하게 되었다. 나중에 알게 된 사실이지만, 업계에서 꽤 이름난 헬스장이기도 했다.

    헬스장은 오전 6시부터 밤 12시까지 운영을 했는데, 나는 저녁 파트타임 근무자여서 저녁 6시부터 11시까지 5시간만 근무를 했다. 사실 말이 좋아 트레이너지, 회원을 가르치는 일보다는 기구 정리, 빨래, 청소 등 잡부에 가까웠다고 생각하면 되겠다.

    저녁 시간에는 관장님과 나 그리고 나처럼 파트타임 근무자로 10시까지만 근무하고 퇴근하는 여직원까지 총 3명이 근무를 했다. 그 외에도 프리랜서로 일하는 트레이너들이 스케줄에 따라 수시로 드나들었기 때문에 일반 회원들이 보기엔 직원이 참 많고 활기찬 헬스장으로 보였을 것이다. 사실 그곳에 대한 내 첫인상이기도 했다.

    그런데 이 헬스장에는 당시 신입인 나로서는 미스터리한 공간이 있었다.

    지하 2층인 이 헬스장은 문이 두 개였다. 빌딩 입구와 연결되어 회원들이 드나드는 정문이 있고, 헬스장 뒷편으로는 나무로 된 여닫이 후문이 있는데 그 문을 열고 들어가면 한 사람이 겨우 올라갈 정도의 좁고 어두운 계단 통로가 나온다. 그 계단을 통해 지하 1층으로 올라가면 세탁실이 나오는데, 사실 말이 세탁실이지 좁은 통로를 활용해 세탁기와 건조기를 놓았을 뿐이었다. 이 공간은 건물 1층의 필로티 주차장과 연결되는 중간 통로이기도 한데, 회원인들은 절대 이곳으로 다니지 않았다. 그저 세탁물을 옮기는 통로 정도로 알지, 헬스장 안에 이런 공간이 있는지도 모르는 사람들이 태반이었다.

 회원들이 입고 난 옷을 가져가 세탁하고, 세탁물이 건조되면 회수해서 접어놓는 게 나의 주된 업무 중 하나였다. 하루에도 몇 번씩 그곳을 오르내리는 게 일이었다. 아, 그리고 내가 말하고자 하는 진짜 미스터리한 공간이란, 바로 이 세탁실 옆으로 보이는 철문 건너. 쇠창살로 되어 굳게 잠겨있던 그곳은 한눈에 봐도 오랜 기간 사람이 드나들지 않은 곳이었다. 쇠창살에도 수북히 회색 먼지가 쌓여있음은 물론, 쓰임새를 종잡을 수 없는 모터가 쇠창살 앞에 있었는데 그 모터 위에도 먼지가 수북했다. 쇠창살 건너로 보이는 그 어둠 속의 공간은 정확하게 가늠하긴 어렵지만 꽤 평수가 넓어 보였다.

 언젠가 그 헬스장에서 오래 일한 직원분께 물어봤는데, 그곳은 과거에 양말공장이었다고 들었다. 그게 내가 아는 전부였다.

 그리고 그곳의 비밀을 알게 된 건 내가 일한 지 약 1년 정도가 흐른 뒤였다.

평범한 어느 하루였다. 관장님께서 본인도 마감직원도 급한 일이 있으니 마감을 좀 부탁해도 되겠냐고 물었다. 전혀 어려울 것이 없는 부탁이었기에 들어주었다. 마감 때 해야 할 것들은 간략하게 설명을 들었고, 그날 12시가 다 되었을 때쯤이었다.

회원들을 전부 내보낸 뒤 흩뿌려진 기구들을 정리하고 탈의실 정리까지 마친 뒤, 운동의 힘든 순간을 잊도록 크게 틀어놓은 음악도 꺼버렸다. 아무도 없는 헬스장에 홀로 남겨진 적은 처음인데다 음악까지 꺼지고 나니 적막 그 자체였다.

이제 마지막으로 해야 할 일이 남아 있었다. 샤워장에 흩뿌려진 세탁물을 수거하여 세탁실로 올려놓고, 건조된 세탁물을 가져오는 것.

나는 헬스장 뒷문으로 향했다. 지친 몸으로 한 계단 한 계단을 올라 마침내 세탁실에 도착했을 때였다. 세탁 바구니를 마지막 계단 바닥에 탁 내려놓고 고개를 든 순간.

"어!!???"

남자… 한 남자가 서 있었다…. 세탁실 쇠창살 앞에서 멍한 얼굴로 나를 바라볼 뿐이었다….

나 역시 너무 놀라 온몸이 굳은 채 그 남자를 바라보고 있었다.

내가 놀란 이유는 단 하나였다. 이미 헬스장 안에는 사람이 한 명도 없는 상태였는데다 그 통로로는 회원들이 오가는 일이 전혀

1장

없었기 때문이었다. 주차장을 통해 그 쪽으로 사람이 내려오는 경우도 없다…. 나는 사람이 없을 거라 생각했던 곳에서 사람을 봤기 때문에 놀랐다. 그게 전부였다.

그렇게 멍하니 바라보다 한순간 눈을 꿈뻑였다.
그리고… 그 남자가 사라졌다….
그제서야 깨달았다…. 내가 본 게 사람이 아니었구나….

나는 부리나케 세탁실을 도망나왔다. 다른 일을 마무리할 생각도 하지 못하고…. 불 끄고 문만 잠근 채 집까지 어떻게 왔는지도 모르겠다.
지하 2층 헬스장은 불을 끄고 나니 비상구 표시등 외엔 진짜 칠흑같은 어둠 그 자체였다. 마감직원은 매일 어떻게 일을 하던 거지?

그리고 다음 날.
방과 후 헬스장에 출근한 나는 상담실 안 쪽에 앉아계신 관장님을 보자마자 이야기를 꺼냈다.
"관장님, 어제 세탁실에서 남자귀신을 봤어요!"
하지만 관장님의 표정은 놀란 기색 없이 아무 변화조차 없었다.

그런 관장님의 대답이 더 어처구니가 없었다.

"어… 너 이제 봤구나?"

'이제 봤냐니…. 이게 무슨… 소리지…?'

영문을 모르는 나는 관장님께 되물었다. 그러자 돌아온 이야기는 이러했다.

사실, 세탁실 옆에 방치되고 있는 쇠창살 안 쪽의 공간은 내가 들은 대로 과거 양말공장이 있었던 곳이었다고 한다. 그런데… 과거 IMF 당시 공장 사장님이 어려움을 이기지 못하고 그만 목을 매 자살을 했다…. 관장님은 내가 본 귀신이 아마 그분의 혼령일 거라고 이야기했다.

설마 내가 귀신이 보게 될 거라곤 생각조차 못 했었기에, 그저 비현실적인 느낌이었다.

하지만 관장님의 말은 그게 끝이 아니었다. 이어서 말하길….

"근데 그 귀신…. 사실 너 말고 다른 직원들은 다 알고 있어."

관장님의 말에 그럼 지금까지 왜 다들 나에게 말을 하지 않았을까? 하는 생각에 다시 물었다.

관장님의 답은, 만약 그곳에서 죽은 사람이 귀신이 되어 나온다는 말을 했으면 세탁실에 갔겠냐는 것이었다. 내가 미리 알았다면, 세탁실에 올라갈 수 있었을까? 괴씸한 한편 납득할 수밖에 없는 대답이었다.

관장님이 안심하라며 이어서 한 말은, 마감 때 아니면 잘 보이지도 않고 해코지는 전혀 하지 않으니 겁낼 필요가 없다는 것이었다. 추가로 당부하시길, 여자 트레이너에게는 비밀로 하라고…. 이 사실을 입방정 떨었다간 세탁실 오가는 일은 내가 독박을 쓰게 될 거라며 엄포를 놓았다. 일 편하게 분담하려면 굳이 말하지 말라고….

이 또한 너무 납득이 가는 이야기였다.

그렇게 나는 귀신이 나오는 그 헬스장에서 약 1년 정도를 더 일했다.

내가 그곳을 그만 두게 될 무렵 새로운 남자 직원이 들어왔다. 인수인계 겸 며칠간 같이 얼굴 보며 이야기할 기회가 많이 있었다. 성격이 호탕하고 시원시원한 상남자 그 자체였다.

그래서였을까. 나는 금기를 깨고야 말았다.

세탁실의 비밀에 대해서 그 직원에게 슬쩍 입방정을 떤 것이다. 물론, 내 예상처럼 그분은 "아 그래요? 하하" 하며 크게 개의치 않는 모습이었다.

곧 나는 그 헬스장을 그만두었다. 한 사무직 회사에서 3개월간 수습기간을 밟았다. 운동 말곤 인생에 아무 계획이 없었기에, 쥐꼬리만 한 월급의 사무직이었지만 열심히 배우자는 생각에 참 열심히 일했던 것 같다.

그렇게 3개월의 수습기간을 거치고 정직원으로 전환이 된 이후, 오랜만에 운동이나 할 겸 다시금 그 헬스장을 찾았다. 여전히 활기찬 그 헬스장의 분위기와 나를 알아보는 많은 회원들…. 한참 기분 좋게 서로 안부를 물으며 근황을 전하던 중, 저 멀리 후문 세탁실에서 나오는 그 직원분이 보였다.

"어~ 코 선생님!"

오랜만에 만나는 그 직원분도 이제 어느덧 다 적응한 모습이었다. 일은 할만 하냐며 이런저런 안부도 묻고 잡담을 하던 중에, 그 직원분이 무언가 떠올랐다는 듯 이야기를 꺼냈다.

"코 선생, 저번에 여기 세탁실에서 남자귀신 나온다고 했었지?"

"네, 맞아요. 호… 혹시 형도 봤어요?"

그러자 이어진 대답에 조금 의아할 수밖에 없었다….

"응. 나도 귀신 봤어. 그런데… 내가 본 귀신은 남자가 아니라… 여자던데?"

뜬금없는 여자 귀신 이야기에 이해가 되지 않았다. 그분은 강력하게 여자 귀신을 봤다고 했다.

"아닌데…. 다른 분들도 전부 남자 귀신 봤다고 했는데?"

하지만 이어서 그 형이 했던 말에 나 역시 등골 전체에 소름이 돋는 느낌이었다.

"아니야…. 분명히 여자였어. 나도 별로 겁이 없는데 그때는 좀 소름이 돋더라니까? 눈은 까뒤집어져서 흰자밖에 보이지 않는데, 티셔츠 밖으로 드러난 팔은 도화지처럼 하얀대 목 위로는 새파랬다니까…."

"와, 소름 돋네…. 그거 진짜 귀신 맞나보다…."

"귀신 맞아…. 둥둥 떠 있었거든…."

형의 말을 듣고 난 뒤… 나는 의아해하며 일단 운동을 시작했다. 운동 중에 후문 쪽에 시선이 갈 때마다… '여자 귀신이라고?' 하는 생각에 조금 오싹해졌다.

운동을 다 마친 나는 상담 테이블에 앉아서 잠시 관장님과 이야기를 나눴다. 그러다 그 직원분의 이야기를 전했다.

"관장님, 아까 그 형이 세탁실에서 여자 귀신 봤대요!"

"어? 여자 귀신? 그건 나도 처음 듣는 소린데?"

오히려 헬스장에 더 오래 상주했을 관장님도 여자 귀신은 금시초문이라고 하셨다.

어찌 됐든 슬슬 집으로 향하기 위해 짐을 챙겨 나서는데, 관장님도 바람쐴 겸 직원 두어 명과 1층으로 따라나섰다. 그렇게 1층

주차장에서 어슬렁 어슬렁 마무리 대화를 하던 중이었다.

주차장 끝에 있는 컨테이너 관리실에서 나이 든 관리인 아저씨가 걸어 나오셨다. 그리고 관장님이 그분에게 정말 대수롭지 않은 듯 여쭈었다.

"사장님! 여기 양말공장 말고 또 무슨 일 있었어요? 우리 직원이 남자 귀신이 아니라 여자 귀신을 봤다는데요?"

그러자… 또 한 번의 놀라운 대답이 돌아왔다.

"아니, 관장은 여기 몇 년을 있었는데 몰라? 그 양말공장 사장 와이프도 따라 죽었잖아!"

꽤 오랜 기간 헬스장을 운영하면서도 관장님조차 양말공장의 사장님을 따라 그 아내분도 따라서 자살했다는 이야기는 금시초문이었다고 했다.

보통의 귀신 목격담은 그곳에 왜 귀신이 나타나는지 모르는 단순 목격담이 많은데, 전후관계가 명확한데다 심지어 나를 포함한 여러 사람이 목격한 일이라 아직까지 그날의 소름이 생생하다.

아참… 아내의 사인은 세탁실 통로에서 콘센트 줄로 목을 맸다더라….

그리고 그곳은 사장도, 상호명도 여러번 바뀐채 여전히 헬스장으로 운영 중인 것 같다. 내 생각엔 현재의 업주들은 그 사실을 전

혹 모르지 않을까?

　만약 알고 있다면… 그들도 목격을 한 것이겠지….

귀신이 죽였다

— 제보: 이비인후과 원장님(직접 청취) —

이 이야기는 부산에서 이비인후과를 운영하시는 한 의사 선생님으로부터 들은 실제 이야기다. 운동하러 가던 체육관에서 알게 된 개원의 선생님이신데, 운동 후 뒷풀이 자리에 나갔다가 알게 되었다.

나는 처음 나가는 모임 자리에서 내 소개를 할 때 작은 라디오 채널을 하나 운영하고 있다고 소개하곤 한다. 그날 모임에서는 어쩌다 내 채널에 관심을 보이셔서 '코비엣TV'라고 소개해드렸다. 그리고 잠시 뒤 내 옆에 앉아계시던 의사 선생님께서 물어보셨다.

"이거 맞죠?"

휴대폰을 들어 보여주며 물어보셔서 그렇다고 하자, 그분은 유심히 스크롤을 내려 구경하셨다.

　의사이시니 당연히 귀신 이야기에 크게 흥미를 가지지 않을 거라고 생각했다. 내가 다루는 주제는 숫자와 실험으로 증명되지 않는 분야이니 말이다.

　그 자리에 있던 다른 분이 질문을 해왔다.

　"그럼 코비님, 귀신 본 적 있으세요? 귀신을 믿어요?"

　그 자리에서 대답하기가 참 곤란했다. 난 귀신을 본 적이 있으니 당연히 믿고 있다. 그렇지만 옆에 앉아있는 사람이 의사 아닌가. 괜히 말 잘못하면 날 정신병자 취급할까 싶어 대충 대답을 얼버무리려 했다.

　"항상 보는 건 아니구요…. 저도 손에 꼽아요. 가끔…."

　그러자 내 왼편에 앉은 의사 선생님이 대뜸 말씀하셨다.

　"귀신이 없을 수가 없지!"

　그분 입에서 나올 말이라곤 생각조차 못 했기에 신기해서 물었다.

　"아니, 선생님도…귀신 보신 적 있으세요?"

　그러자 정말 뜻밖의 대답을 하셨다.

　"있죠! 당연히! 어릴 적엔 진짜 귀신을 많이 봤는데, 요즘은 나이 들고 영이 썩어서 그런가…. 잘 안 보이네요. 하하."

　그러면서 다시 한번 귀신은 없을 수가 없다, 자신은 귀신을 정말 많이 봤다고 강조하셨다.

나는 의외의 말씀에 궁금해졌다.

"그럼 소문처럼 병원에는 귀신들이 많은가요?"

"병원만큼 귀신 많은 곳도 드물지요!"

그러면서 하나의 에피소드를 이야기해주셨다.

지금은 개원을 하신 개원의지만, 레지던트 시절에는 부산에 있는 한 종합병원에서 일을 하셨다. 그 종합병원 지하 1층에는 엑스레이실이 있었다. 당시에는 밤늦게까지 병원에 머무를 때가 많아서 진즉에 귀신을 본 사람이 많았다.

그런데 유독 지하 1층에는 귀신이 많아서 늦은 밤 엑스레이 사진을 찾으러 내려가면 귀신들이 돌아다니는 형체부터, 속닥거리는 소리까지 들렸다.

"그런데 그곳에 있는 귀신들은 유독 질이 나쁜 귀신들처럼 보였어요."

그러면서 자신도 약간 겁이 났다고 했다.

시간이 지나 그 종합병원은 이전을 하게 되었고, 기존에 있던 자리는 폐원을 하며 문을 닫았다. 지금은 그 자리에 아파트가 들어섰다. 하지만 병원이 문을 닫고 아파트가 들어서기 전, 한동안은 폐병원인 채 남아 있었다.

부산 도심지에 그런 큰 건물이 방치되었으니, 갈 곳 없는 노숙자들이 많이 찾았다고 한다. 추위와 비를 피하기에는 더할 나위 없이 좋은 장소였을 것이다.

그러던 어느 날, 그 병원의 지하에서 한 노숙자가 죽은 채로 발견되었다. 한 사람이 아니라 몇 명이나 죽어나갔다고 한다. 갈 곳 없는 노숙자라도 사람이 죽었으니 형사들이 조사를 나서서 왜 죽었는지 사인 규명을 해야 했다. 형사들은 그 폐병원으로 가서 현장 감식도 하고 병원 내외부에 있던 노숙자들에게도 탐문을 했다.

"여기서 사람 죽은 거 알고 계시죠? 이 병원에서 무슨 일이 있었는지 알고 계신가요?"

평소 노숙자들끼리 분위기는 어땠는지, 다툼 같은 게 있었는지 등을 조사했다.

그런데 몇몇 노숙인들이 이렇게 말했다.

"그런 건 잘 모르겠는데요. 저 병원 지하에 귀신이 나와요! 귀신이 몇 번 나와서 우리들 사이에서도 난리였어요. 으휴… 무서워. 그런데 어쩔 수 있나. 갈 곳이 없는데…."

"김 씨라고… 나랑 같이 귀신 보곤 자기는 여기 못 있겠다면서 도망친 사람도 있었어! 지하에서 한쪽 다리가 없는 사람이 바닥에 질질 기어다니길래… 장애가 있는 노숙인인가 싶어 확인하려고 라이터를 켰더니… 머리가 없었다니까? 그래서 난 지하로는 안 내려갔어…."

형사들은 대수롭지 않게 생각했다.

"귀신은 무슨 귀신. 어두우니까 장애인을 잘못 보고 지레 착각한 거겠지…."

그렇게 어느 정도 현장 감식과 탐문을 마무리한 형사들은 마지막으로 시신을 부검했다.

외관상으로는 타살 혹은 자살의 흔적도 없고 내부 장기들도 살폈는데… 이게 웬걸? 도무지 사인이 나오지 않았다.

실제로 그 경찰 내부에서 서류상로는 어찌저찌 처리가 되었고 어떻게 종결이 되었는지는 모른다. 다만, 그 조사했던 형사가 이런 말을 했다고 한다.

"그 노숙자…. 아마 귀신이 죽인 것 같다…."

여기까지가 의사 선생님으로부터 들은 이야기다.

그런데 궁금하지 않은가? 도대체 그분은 어떻게 이런 이야기들을 다 알고 있는지 말이다. 나도 그게 궁금해서 의사 선생님께 여쭈었다.

"그런데 이 구체적인 이야기를 선생님이 어떻게 알고 계세요?"

"궁금하세요?"

"당연히 궁금하죠…."

"음… 그 귀신들이… 제가 치료하던 환자들이었다면요?"

"헐…. 대박… 진짜요??"

"하하하~ 농담이에요."

"그럼… 진짜로 어떻게 알고 계신 거예요?"

"당시에 그 현장 감식갔던 형사들 있죠? 그중 한 명이 제 친구예요."

아마 그 형사분이 대외적으론 이야기할 수 없어도, 친구인 의사 선생님께는 이야기를 한 모양이었다.

"네가 전에 일했던 병원에 조사 나가고 있어."

이런 말로 이야기를 시작하지 않았을까? 그러면서 노숙자들의 이해되지 않는 증언을 듣고 의사 선생님은 진짜 귀신이 있다고 하며 맞장구를 치셨을 것이다.

의사 선생님께선 병원이라는 장소가 사람이 죽는 것과 굉장히 밀접한 장소라서 귀신이 없을 수가 없다, 다만 지금은 내가 의사라서 귀신을 봤다느니 하는 소리를 대놓고 할 수는 없을 뿐이라고 하셨다.

그리고 마지막으로 한 마디 남기셨다.

"사람들은 절대 보기 전까지는 믿지 않아요. 마치… 병에 걸려서 증상이 있어도 검사 결과를 눈으로 확인하기 전까진 부정하는 것처럼…."

시골에서 겪은 일

– 제보: 이X현 님(직접 청취) –

　고등학교 시절 수학 선생님이신 이 모(某) 선생님께 들은 이야기다. 이 선생님은 하루에 여섯 번 뻥을 친다고 해서 별명이 '육뻥'이었다. 다른 선생님들에 비해서 젊기도 하고 학생들과 잘 어울리는 선생님이셨다.

　이건 선생님이 직접 들려주신 이야기다. 육뻥이라는 선생님의 별명을 이야기한 건 신뢰도를 떨어뜨리려는 의도가 아니다. 이 이야기를 하면서는 평소와 다르게 사뭇 진지하셨고, 시작부터 끝까지 막힘없이 구체적으로 이야기를 풀어주셨기 때문이다.

　때는 선생님이 초등학생 시절, 대략 1980년대의 시골 마을이었다. 여름방학이 시작되고 당시 여느 가족들이 그렇듯 가족 모두가 다 같이 시골 외할머니댁에 놀러 갔다고 한다. 선생님이 말씀하신 지역은 모르겠고 산촌 시골 마을이었다는 것만 기억이 난다.

당시 선생님이 알려주신 시골 마을의 모습은 시골집은 돌담으로 둘러싸여 있고 기와지붕 아래 마루가 있는 전형적인 시골집의 모습이었다. 마당 한편에는 외양간과 닭장이 있고, 화장실은 재래식 화장실이다. 대문이 없는 돌담을 지나 바깥으로 나가면 작은 도랑이 있었다. 그곳에서 조금 더 걸어나가면 꽤 규모가 있는 저수지가 있는데, 저수지의 건너편은 산자락과 맞닿아 있었다고 한다.

시골에 도착하자 선생님의 외할머니와 외할아버지께서는 선생님 가족을 크게 반겨주며 맛있는 식사를 차려주셨다. 식사 후에는 과일도 썰어주시며 한바탕 진수성찬을 함께했다.

당시 선생님의 외할머니께서는 치매가 살짝 있었다고 하셨다. 그래서 이른 새벽이나 해가지고 난 뒤에는 가끔씩 가족들을 못 알아보고 "뉘슈?" 하며 묻고는 하셨단다. 일상생활에까지 크게 지장이 있는 정도는 아니었다. 음식 솜씨가 그렇게 좋으셨던 걸 보면 말이다.

식사 후 장거리 운전에 지친 선생님의 아버지는 곧 주무셨고, 어머니는 시골집의 밀린 일거리와 집안일을 거드셨다. 그 사이 선생님은 집 앞에 있는 도랑에 나가서 하염없이 다슬기 잡기에 열중

하고 있었다.

그렇게 얼마나 있었을까?

시골길 멀리서… 저벅저벅 하며 자갈 밟는 소리가 들려 바라보니, 자기보다 두세 살쯤 많아 보이는 여자아이가 빠른 걸음으로 선생님이 있는 쪽으로 걸어왔다. 그러고는 옆에 쭈그리고 앉더니 말을 걸어왔다.

"나도 다슬기 같이 잡자!"

"어? 그… 그래!"

어렸던 선생님은 큰 경계심 없이 그러자며 함께 다슬기를 잡기 시작했다. 이야기를 나눠보니 선생님보다 누나였고, 그 누나의 이름이 '순이'라는 것도 알게 되었다.

재미있게 다슬기 채집을 하다보니 어느덧 해 떨어질 때가 되었고, 다음에 또 보자며 인사를 하고 집에 돌아왔다.

저녁식사 시간에 가족들이 다 같이 모여앉아 저녁을 먹기 시작했을 때 선생님이 말했다.

"나 오늘 도랑에서 순이 누나랑 다슬기 잡고 놀았어. 이거 같이 잡은 건데 나 전부 가지래~."

그러자 할머니와 할아버지가 말씀하셨다.

"이 동네에는 순이란 애가 없는디…. 누구 말하는 거냐?"

선생님의 부모님께서는 여름방학이니 다른 집에 온 조카나 손자애들 아닐까 하며 대수롭지 않게 넘겼다고 한다.

그리고 다음 날, 선생님의 가족들은 다 같이 근처에 있는 굴다리 아래에 있는 냇가에 놀러갔다.

그 냇가엔 평상이 있어서 어른들은 평상 위에서 수박을 썰어 먹고, 선생님은 신나게 물놀이를 즐겼다.

그러다 냇가 위 자갈길에 어제 만났던 순이 누나가 걷고 있었다. 그래서 그 위를 올려다보면서 "순이 누나!" 하고 크게 불렀다. 분명히 그 정도 거리라면 들렸을 법도 한데, 순이 누나는 아무것도 안 들린다는 듯 멍하니 앞만 보고 걷기만 했다.

그래서 그 쪽을 가리키며 가족들에게 말했다.

"엄마! 아빠! 저기저기~! 어제 나랑 같이 놀았던 순이 누나가 저 누나야!"

그런데… 부모님께서는 있긴 누가 있냐고 반문했다. 순간 그곳을 다시 올려다보자 어딜 갔는지 누나는 보이지 않았다.

당시엔 그저 다른 집 부모님 뵙는 게 쑥쓰러워서 호다닥 도망간 줄로만 알았다.

그날 그렇게 한참 물놀이를 한 뒤 집으로 돌아왔는데, 무더운 여름날 물놀이 직후인데다 저녁까지 해결하고 나니 졸립지 않은 게 이상할 지경이다. 부모님과 선생님 모두 그대로 곯아떨어져 잠을 청했다.

그렇게 한 시간… 두 시간이 지나 어느덧 새벽이 찾아왔다.

그 무렵 선생님은 주간에 잔뜩 먹은 수박 탓인지 소변이 마려워 잠에서 깼다. 당시 시골 마루에는 요강 하나쯤 없는 집이 없었다. 소변을 보기 위해 마루로 나간 순간이었다.

"중얼중얼… 빼액! 중얼중얼~!"

마당 저 멀리에서 할머니가 무언가를 쥐고 마구 흔들면서 뭐라고 알 수 없는 말을 중얼거리는 게 보였다고 한다. 이제 막 눈을 뜨고 나온 상태라 뿌연 실루엣만 보이다가… 저게 뭐지? 하고 자세히 보다보니 그게 보였다. 실로 충격적인 그 장면….

선생님의 표현을 그대로 빌려 표현하자면… 할머니가 닭의 모가지를 잘라가지곤 질질 흐르는 닭 피를 마당 여기저기 뿌리고 있었는데… 닭의 모가지는 칼로 깔끔하게 도려낸 것과는 달리 힘으로 뜯어낸 듯 너덜너덜해 보였다. 돌이켜 생각해보면 할머니가 그 정도의 힘이 있었을까 싶다면서….

놀란 선생님은 할머니께 뭐하시냐며 물었더니… 할머니는 뜬금없이 큰소리를 질러댔다.

"이 씨벌년이 왜 자꾸 찾아와! 이런 개 같은 년! 이년이 여기가 어디라고!"

겁먹은 선생님은 멍하니 서서 아무것도 할 수 없었다.

"할머니… 왜 그래…. 할머니…."

할머니를 불렀지만 들은 체도 안 하고 혼자 욕을 뱉어내셨다.

선생님은 일단 방으로 도망쳐 들어온 뒤에, 자고 있던 아버지를 깨웠다. 당시 아버지께서는 할머니가 치매 때문에 마당을 서성이신다고만 생각했는데, 막상 나가보니 닭 모가지가 잘려 마당이 온통 피범벅인 것을 보고 할머니를 억지로 끌고 들어오셨다.

그 당시 모습을 아직 기억하신다고 했다. 40대 아버지가 구부정한 할머니를 겨우겨우 끌어오던 모습…. 서로 여기저기 피로 인해 모르고 보면 살인사건 현장으로 오해할 법한 소름 돋는 현장을….

그렇게 온 가족이 잠에서 깨어 분위기가 어수선해지고 말았다. 잠시 뒤… 여전히 씩씩대며 욕을 하던 할머니의 정신이 되돌아온 듯했다.

"정말… 내가 그랬다고? 세상에…. 내가 죽어야지… 아이고…."

선생님도 어린 초등학생이었지만 할머니가 치매로 아프셔서 그렇다는 걸 인지하고 있었기에, 무섭긴 했어도 그러려니 하고 넘어갈 수 있는 해프닝이었다고 한다.

어수선한 밤이 지나가고 다음 날이 되었다.

아마 시골을 생각해보면 유독 가로등 밑에 벌레가 많았던 기억이 있을 거다. 선생님의 외할머니댁은 유독 산골이라 가로등 근처에 가면 참새보다 더 큰 나방이 붙어있기도 하고, 바닥에는 큼지막한 장수풍뎅이와 사슴벌레가 잔뜩 있었다고 한다. 선생님은 곤충을 잡겠다고 밤중에 반쯤 자른 패트병 채집통을 들고는 담벼락 앞 가로등 아래에서 곤충채집을 하고 있었다.

그러던 중 대략 20~30미터 거리의 다른 가로등 밑으로 여자애 한 명이 걸어왔다…. 점차 가까워져서 보니 첫날 봤던 순이 누나였다고 한다. 반갑게 인사를 하고 이야기 나누기 시작했다.

"누나! 어제 내가 냇가에서 불렀는데 어디 갔었어?"

"어른들 앞에서 나 아는 척하면 안 돼…."

그러고는 쭈그리고 앉아서 선생님의 채집통을 들여다봤다. 순이 누나는 선생님에게 이렇게 물었다.

"정말 크고 신기한 곤충이 많은 데를 알고 있는데, 같이 가서 잡을래?"

선생님은 밤이지만 혼자가 아니라 둘이라는 사실과 '이 장수풍뎅이보다 더 큰 곤충이 있다고?' 하는 호기심에 누나의 손을 잡고 따라 걷기 시작했다.

순이 누나는 집 앞 저수지로 선생님을 데려갔다. 그러고는 저수지 물가를 빙 둘러 건너편 산 아래 쪽 방향으로 한참 걸었다.

그쯤되니 가로등과 너무 멀어져서 너무 어두웠다. 지금처럼 휴대폰이 있는 시절이 아니라서 뭔가로 불을 밝힐 것도 없었다. 선생님은 뭔가 무서운 마음이 들어 말했다.

"누나…. 여긴 어디야…? 무섭다…. 그냥 돌아가자…."

"이제 곧 있으면 나오니까 잔말 말구 따라 와."

순이 누나가 선생님 손을 더 세게 움켜쥐는 게 느껴졌다. 어쩔 수 없이 그렇게 저수지 옆 산능선을 걸어 올라가던 참이었다.

"야~! 이 씨벌년아!!"

뒤쪽에서 큰소리로 욕을 내지르며 누군가 달려오는데. 그 목소리로 알 수 있었다고 한다. 그건 외할머니였다.

그리고 그 순간이었다.

다다다다다다다다!!!

선생님 손을 꽉 붙잡고 있던 순이 누나가 저주지 옆 언덕을 미친 듯이 뛰어 도망갔다. 그건… 사람의 속도가 아니었다. 도저히 사람이 낼 수 없는, 믿을 수 없는 속도였다. 그것도 사람이 다닐 수 없는 나무와 풀로 우거진 숲이었다.

숲속으로 사라지기 전 마지막으로 뒤를 돌아보는 누나의 표정은 사백안(四白眼)으로 뜬 눈에 입꼬리가 치켜 올라간 비웃는 듯한 얼굴이었다.

가뜩이나 긴장해 있을 때 너무나 놀란 선생님은 그대로 울음을 터뜨리고 말았다.

뒤따라온 할머니는 선생님의 손을 붙잡고 되돌아가며 분을 삭히지 못하고 씩씩거리셨다.

"씨벌년이 여기가 어디라고…. 이 고얀 년! 에이, 죽일 년!"

그렇게 그 어두운 시골길을 할머니 손 잡고 걸어 집까지 도착했을 때, 그제서야 직감적으로 알게 되었다. 그 순이 누나… 사람이 아니었구나….

선생님은 그 사이 있었던 일을 부모님들께 설명드렸다. 평소 같았으면 귀신은 무슨 귀신이냐며 아이의 착각으로 치부할 수 있었을 이야기였음에도, 가족들 모두가 의심 없이 믿을 수밖에 없었다.

그 뒤로… 선생님은 서울로 돌아오기 전까지 저녁식사 후에는 마당 밖으로 한 발도 못 내디뎠다. 다행히도 남은 기간 동안 순이 누나를 단 한 번도 보지 못했다….

나중에 알게 된 일이지만 혹시나 하고 이웃들을 만날 때마다 물었다.

"혹시 친척이나 조카 중에 순이라는 이름 가진 여자아이 없어요?"

순이에 대해 수소문했지만 마을 어르신들의 조카나 손자 중에 순이란 이름을 가진 사람은 그 누구도 없었다.

또한 할머니는 그날 밤의 일을 전혀 기억하지 못하셨다.

선생님은 아직도 그날 순이 누나가 왜 선생님을 저수지 근처로 데려갔는지 알지 못한다.

이야기의 끝으로 그 여자의 마지막 모습이라며, 칠판에 분필로 쓱쓱 그어 그림을 하나 그리셨다. 내 생에 사람 손으로 그린 그림 중 가장 소름이 돋았다. 왜냐하면… 사백안으로 뜬 쫙 찢어진 눈을 위 아래로 하나씩 그려내셨고… 이어서 그 왼쪽으로 한쪽 입꼬리가 치켜 올라간 입을 그리셨기 때문이다. 뒤를 돌아보며 기괴하게 꺾인 목과 얼굴… 그것이 어린 선생님이 울음을 터트린 이유였다.

학창 시절 선생님들께 들은 무서운 이야기 중에선 난 이 이야기가 가장 기억에 남아 있다.

삼덕마을에 다녀온 뒤

— 직접 경험 —

공포 유튜브를 운영한 지 벌써 4년이 넘었다. 그러다 보니 자연스레 웹상에서 접하는 이야기 또는 구독자들에게 제보받는 이야기 중에는 무속과 관련한 이야기가 정말 많다. 그럼에도 불구하고 원래 나는 무속인에 대해서는 사실 반신반의, 조금 더 솔직하게 이야기하면 불신에 가까웠다.

유튜브 영상을 보고 나에게 접근한 무당의 대다수는 가짜였다. 물론 진심으로 나를 위해서 여러 가지 조언을 해주던 무속인분도 계셨지만, 대부분은 나의 위험과 죽음을 예측한 뒤 돈 이야기를 꺼냈으며, 하다못해 굿을 해야 한다며 접근한 사람들도 있었다. 수년이 지난 지금 난 누구보다 잘 살아있고 건강하다.

그러나 그렇게 더 불신이 강해지던 때, 무속인의 세계에 대한 나의 생각을 바꾸게 된 강렬한 계기가 있었다. 바로 부산에 있는 삼덕마을에 다녀온 그날이다. 그날 그 일을 생각하면 나는 아직도 소름이 끼친다.

삼덕마을이란 곳을 알게 된 것은 구독자이자 중학교와 고등학교 동창인 친구로부터의 제보 때문이었다. 삼덕마을은 과거에 나병 환자들이 모여 살던 촌락이었다고 한다. 하지만 지금은 사람들이 전부 이주하고 남은 사람이 거의 없는 폐가 군락이 되었다.

귀신이 나온다는 소문이나 괴담과는 거리가 먼 곳이었지만, 폐가가 하나만 있어도 으스스한데 마을 전체가 폐가인 이곳은 컨텐츠 소재로 딱이라는 생각이 들었다.

그리하여… 직접 사전답사를 떠났다.

지금까지 컨텐츠 촬영을 해오면서 출입을 금지하는 구역 또는 촬영을 거부하는 구역에서 억지로 진행한 적은 한 번도 없었다. 그래서 촬영 가능 여부를 미리 확인해야만 했다. 하지만 삼덕마을 입구에 들어서자마자 보게 된 장면은 '촬영금지' 표시였다. 마을 전체는 폐가였으나 입구에 있는 건물 하나는 안쪽에 사람이 보였다.

해당 건물 벽면에 못 봤다면 거짓말이라고 할 만큼 큼지막하게 촬영금지 표시가 있었다. 나는… 조심스레 카메라를 내려놓은 뒤 기왕에 여기까지 온 거 나 혼자 구경이라도 하고 가자, 하는 생각으로 마을 주변을 둘러보았다.

해가 완전히 지기 전이라 마을과 주변의 모습을 명확하게 확인할 수 있었다. 대부분의 건물은 1층짜리 옛날 가옥의 모습이었다. 창문은 대부분 깨져 있고, 드문드문 보이는 가로등에는 범죄예방 포스터가 붙어 있었다. 어디든 잡초 넝쿨이 무성했다. 부산 대도심에서 얼마 가지 않았음에도 이런 곳을 만날 수 있다는 게 신기할 따름이었다. 실제라기보다는 오히려 최고의 공포영화 세트장 같은 느낌이랄까…. 촬영금지 표시가 애석하게만 느껴졌다.

나는 차로 돌아와서 이 삼덕마을에 대해서 조금 더 알아보기 시작했다. 이내 왜 촬영금지 표시가 붙었는지 알게 되었다.

이곳이 폐가 군락인 만큼 꽃 필 무렵, 겨울이 지나면 그 특유의 분위기 때문에 사진 동호회 사람들이 참 많이 찾았다고 한다. 그런데 본인들이 원하는 촬영의 컨셉이나 분위기나 구도를 잡기 위해 여기저기 들락날락 하며 문을 부수고 창문을 깨는 등의 행위를 일삼았다. 그래서 아직 마을에 남아있는 사람들이 촬영금지 표시를 붙여놓은 것이다. 그들이 겪었을 고충이 공감되었다. 나도 촬영을 했다가는 남은 분들에게 민폐를 끼칠 게 뻔해서, 더 이상 촬영에 대한 미련을 갖지 않도록 모든 계획을 접고 곧장 집으로 돌아왔다.

그리고… 그날 밤이었다.

이메일을 열어 한창 구독자들의 사연 제보 메일을 확인하던 중이었다. 눈에 띄는 한 통의 메일이 있었다. 메일의 내용은 단 한 줄 뿐….

"코비님… 자꾸 저 걱정하게 하실 겁니까?"

메일을 보낸 사람은 다름 아니라 무당분이었다. 이분만큼은 항상 나에게 진심 어린 조언을 해주셨다. 예를 들면… 현장 촬영 시 안전한 날짜, 시간 또는 조심해야 하는 방향을 알려주셨다. 당시 내가 무속에 대한 불신을 갖고 있어서 이분 말씀의 내용을 믿지는 않았지만, 이분이 나를 걱정해주시는 인간적인 마음만은 믿고 항상 감사드리는 분이었다.

"네? 그게 무슨 말씀이세요?"

답변을 드리자 곧바로 대답이 왔다.

"코비님, 위험한 데 다녀오셨죠?"

분명한 건… 삼덕마을 답사는 누구에게도 알리지 않았다는 점이다. 조금 당황한 나는 그분께 되물었다.

"어딜 다녀오긴 다녀 왔는데… 위험한 곳인가요?"

"여러 집이 보이는데… 길쭉한 지붕이 있는 집 앞에서 할머니가 코비님을 쳐다보고 있어요. 굉장히 화가 많이 나 보여요. 웬만하면 그곳에 다시 안 가시는 게 좋을 것 같습니다."

그 말을 듣는 순간 조금 전 다녀온 사전답사 현장이 생각났다. 그분이 말씀한 길쭉한 집 한 채도 어딘지 분명하게 알 수 있었다.

"그런데 제가 어딜 다녀온 걸 어떻게 아셨어요?"

자신이 모시는 신께서 화경을 띄워주셨다고 한다. 화경이란 특정 상황이 머릿속에 이미지나 영상처럼 보이는 현상을 말한다.

나는 그곳이 촬영금지 구역이라 다시 가거나 촬영계획은 없으니 걱정하지 않으셔도 된다고 안심시켜 드렸다.

한편… 내가 다녀온 장소가 포털의 지도 로드뷰를 통해 검색해보니, 사람이 다 떠난 폐가마을임에도 로드뷰로 확인이 가능했다. 그래서 내가 직접 보고 왔던, 그분도 보셨다는 모퉁이 옆 기다란 집을 캡처해 그분에게 보내드렸다.

"혹시 화경으로 보셨다는 곳이 이곳 맞나요?"

그러자… 맞다는 대답과 함께 이런 말을 덧붙이셨다.

"저 집 수풀쪽에 할머니가 서 계시는데, 굉장히 화가 난 표정이니 가려는 계획은 그냥 아예 접는 게 좋을 것 같아요. 계속 심기 건드리다간 호되게 혼날 것 같은데?"

마지막까지 당부이자 경고의 말로 대화를 마쳤다.

무속에 대한 불신은 그분의 말을 우연이라고 치부하게 했다. 하지만 우연이라기엔 너무 구체적인 묘사였다. 우연이 아니라면 무속을 믿어야 한다는 생각이 들었다.

그리고 모니터 화면에는 여전히 로드뷰 화면이 펼쳐져 있었다. 문득 눈에 들어온 게 있었다. 바로 로드뷰의 촬영 날짜였다. 로드뷰의 기능 중에는 화면의 날짜를 과거로 돌려볼 수 있다.

나는 이곳이 언제부터 폐가촌이 된 건지 궁금해졌다. 그리고 과거에는 어떤 모습이었는지도 확인하고 싶기도 했다. 날짜를 과거로 돌려 확인하는 순간… 경악을 금치 못했다. 또한… 무당이란 존재에 대해 믿음 비슷한 게 생겨나기도 했다.

왜냐하면….

내가 직접 사전답사를 가서 본 풍경과 최신 로드뷰 안에서의 풍경은 크게 다르지 않았다. 그러나 로드뷰의 촬영날짜를 과거로 돌려본 그 순간… 내가 간과한 점들이 드러나기 시작했다. 현장을 다니다 보면 계절에 따른 풍경의 차이가 확연히 차이가 난다는 점을 잊고 있었다.

가을 혹은 겨울쯤 촬영된 것으로 보이는 사진에는 집 옆으로 있던 무수한 덩쿨이 사라진 모습으로… 아주 선명하게 무덤 봉분이 보였다. 그것도 무당이 가리킨 위치에 정확히!

　오해할까 말하지만 내가 처음 캡처해 보내준 로드뷰 화면만 보고는 그곳에 무덤이 있다는 사실을 추측하기란 애초에 불가능할 정도다. 나 역시도 봉분 위로 무수한 풀과 덩굴들 때문에 실제로 가서 보고도 무덤을 전혀 알아차리지 못했으니까.

　그 순간… 머릿속에 퍼즐 조각이 맞춰지는 느낌이었다. 집 앞에 할머니가 화난 듯 쳐다보고 있다는 그 말도 고개가 끄덕여졌다. 사진 동호회 사람들이 집을 들락거리고 훼손했다는 이야기를 생각하자, 할머니가 나를 보고 화난 표정을 짓고 있었을 것도 다분히 이해가 되는 순간이었다.

　물론 그 무덤의 주인이 정말 이름 모를 할머니의 무덤이었을까? 지금도 알 수가 없다. 그렇지만 이날 이 사건은 무당에 대한 내 인식을 조금은 바꿔준 계기가 되었다.

강남 반지하 방 이야기

– 제보: 사회중년생 –

　강남에서 자취하던 시절, 실제로 겪었던 소름 돋는 일이다. 방 한 칸에 화장실, 그리고 별도의 세탁실이 있는 비교적 오래된 건물 반지하에 살았다. 당시 회사는 강남에 있었는데 본가가 워낙 멀다 보니 어쩔 수 없이 자취를 해야만 했다. 회사 근처로 구하자니 강남의 집값은 치명적인 수준이었고… 집값을 타협하자니 출근 전쟁에 교통비까지 생각하지 않을 수 없었다.

　이곳저곳 발품을 팔다 구하게 된 강남의 어느 반지하 원룸. 반지하 주제에 월세가 70만 원 가까이 하던 그곳…. 하지만 따질 처지가 아니었으니 그마저도 감사하게 들어가 살았다. 그 집의 구조는 굉장히 독특했다. 보통 다락방이나 창고는 머리맡 천장 가까이에 있는 게 일반적이다. 하지만 그 방은 다락이 바닥에 있었다. 문도 미닫이 형태였는데, 흡사 천장에 있는 다락을 그대로 위치만 바닥으로 옮겨놓은 듯했다. 처음 그 집을 보고서는 안 쓰는 짐을 처박아두는 용도로 쓰면 좋겠다고 생각했을 뿐, 다른 생각은 전혀 들지 않았다.

하지만 입주 후 얼마 되지 않아 이해할 수 없는 섬뜩한 일들을 마주하게 되었다.

그날은 토요일이었는데, 난 당시 술 한 방울 입에 댄 적이 없었다. 잠에서 깨어났는데 귓가에 들리는 평상음도 낯설고… 지나치게 주변이 어두워서 깨자마자 눈을 뜨고 주변을 둘러보기 시작했다. 그리고… 곧바로 이상함을 감지했다. 마치 내가 관짝에 갇혀있는 느낌이 들어 정신을 번쩍 차리고 주변을 둘러보니… 내 자취방이 아닌 느낌이었다.

"뭐지? 여기 어디야?"

그리고 눈앞에 보이는 작은 미닫이 문…. 그렇다…. 문을 열어보니 나는 내 방 다락 안에 누워 잠이 들어있던 것이다.

"내가 왜 여기서 자고 있는 거야?"

서둘러 그곳을 나왔으나 도무지 이해가 가지 않았다. 내 두 발로 걸어, 아니… 기어들어가서 잤을 리는 만무했으니 말이다.

시간이 지나 그 일이 잊힐 즈음의 일이다. 퇴근하고 집에 돌아오니, 어쩐 일인지 다락문이 활짝 열려 있었다. 잡동사니들을 넣어놓은 뒤로 단 한 번도 문을 연 적은 없었는데 말이다. 외부인이 몰래 들어왔거나 도둑이 들었나 하는 의심에 방안에 귀중품이 있는 보관함을 전부 확인해봤다. 하지만 모든 것이 그대로였다. 활짝 열린 다락문을 제외하고는.

그제서야 나는 혹시… TV에서나 보고 듣던 귀신이… 저 다락 안에 살고 있는 게 아닐까 하는 생각과 동시에 온몸에 소름이 돋았다. 그리고 그때 문득 생각난 것이 바로 '소금'이었다. 나는 곧장 인근 마트로 향해 굵은 소금을 한 봉 집어들어 계산을 했다.

하지만 공포란 일시적인 감정이었을까? 소금을 들고 집에 가는 길엔 이런 걸 믿고 있는 나 자신에게 현타가 밀려왔다.

곧 집에 도착해서 문을 열었다.

"드르륵… 쾅!"

내가 문을 여는 소리가 아니었다.

내가 문을 열자마자 쾅! 하며 다락문이 닫히는 소리가 났다.

공포에 질린 나는 신발도 벗지 못한 채 서둘러 다락문 앞으로 결계를 치듯 소금을 뿌리기 시작했다. 그럼에도 집에 있기 무서운 나는 집 밖으로 도망쳐 나왔다.

그때 시간이 이미 저녁 10시쯤이었다. 부모님께 전화를 드리자니 걱정하실 것 같아 전화도 걸지 못했다. 친구들이 있는 단톡방에 이 사실을 알렸더니… 친구들 중 한 명이 어느 한 무속인의 명함을 사진으로 보내주었다.

"예전에 나 누름굿 해준 엄마 친구 명함인데… 필요하면 연락해봐. 내 이름 말하고."

평소 같았으면 웃으며 무시했겠지만, 나는 곧장 그 명함에 있는 번호로 전화를 걸어 현재 상황에 대해 상담을 받았다. 아마… 눈앞에서 스스로 여닫히는 다락문을 보고 태연한 사람은 이 세상에 없을 거라 장담한다.

그 무속인분은 마침 본인이 경기도에 있으니 내일 당장 한번 와 보시겠다며, 정 무서우면 오늘 하루는 밖에서 자고 내일 본인과 함께 들어가보자고 하셨다.

도무지 집에 들어갈 용기가 나지 않았던 나는… 찜질방에서 하룻밤을 지새우고 다음 날 바로 회사로 출근을 했다. 출근하자마자 반차를 올리고, 오후 퇴근 직후 그 무속인분과 연락하여 함께 집으로 향했다.

집 앞에 도착한 후… 그분은 잠시 가만히 서서 무언가를 중얼거리더니… 이내 말씀하셨다.

"이제 문 열어도 돼! 열어봐!"

그러고는 나와 함께 문을 열고 들어섰다.

그런데… 방에 들어서자마자 내 눈에 보인 것은 방 전체에 퍼져 있는 소금이었다. 분명히 어제 다락문 앞으로 결계 치듯 뿌려놓은 소금이… 도대체 왜…?

당황한 나와는 달리 방 전체를 구석구석 보시던 무속인은 내게 이렇게 말했다.

"이미… 누가 다녀간 모양이야."

"아무도 안 왔는데요? 누굴 말씀하는 거예요?"

"음… 무당이야."

그분이 하시는 대답을 난 이해하지 못했다. 이어서 하시는 말씀에 나는 소름이 끼쳤다.

"그런데 여기 귀신이 왜 갇혀있을까?"

"네? 귀신이 갇혀 있어요…?"

그분은 집에 옵션으로 있던 가구들과 세탁실 쪽을 샅샅이 뒤졌다. 너무나 신기하게도 뿌옇게 먼지가 가득했던 장농 윗 쪽과 세탁실에 있는 세탁기 뒷 쪽에서 붙인 지 오래돼 보이는 부적을, 그게 거기 있는 걸 아는 사람처럼 착착 찾아내셨다.

"이건 귀신을 쫓으려고 붙인 부적이 아니야. 귀신을 집에 가두려고 붙인 부적이야!"

그분 말씀으로는 내 방이 반지하치곤 햇살이 잘 드는 집이라 귀신이 음기(어둠)을 찾아 다락방으로 들어갔다가 어두워지면 다시 나오고, 귀신이 계속 들락날락해서 다락문이 스스로 움직였다는 것이다.

"저 귀신놈은 그냥 잡귀야. 그런데 여기 살던 놈이 무당인지 뭔지 사연은 잘 모르겠다만… 봉인부를 가져다놓으니 저 귀신이 나갈 수가 있었겠어?"

그러면서 저 귀신은 오늘 밤 사이 문 열어두면 알아서 집 밖으로 빠져나갈 테니, 내일 해 뜨고 돌아오면 괜찮아질 거라 했다.

그렇게 사건은 일단락됐다. 실제로 그다음 날부터는 아무 일도 없었다. 심지어… 처음 입주할 때부터 냉랭한 기운에 역시 반지하라서 그런가 했던 것과 반대로, 이젠 포근함까지 느껴질 정도로 기운이 따뜻해졌다.

그러던 어느 날이었다. 같은 건물에서 자주 얼굴 뵙고 인사하면서 한 아주머니와 친해지게 되었다. 건물에서 오래 사셨다는 그분께 충격적인 사실을 듣게 되었다.

"이제 한 3~4년쯤 지났지? 총각 살던 방에 아줌마 하나가 들어와 살았어! 나이도 먹을 만큼 먹은 아줌마가 혼자 들어와 사니 이혼녀인가 싶었지 뭐야…. 그런데 이상하게 남녀노소 가리지 않고 맨날 이 사람 저 사람 들락날락거리더라고…. 알고 보니 그 아줌마 거기 신당을 차려놨었던 거야. 신당 알지? 무당이 신 모신다고 차리는 거! 세입자가 자기 집에 말도 없이 신당을 꾸려놓으니 집주인 기분이 좋았겠어? 바로 내쫓았지…. 근데 그 이후로 무슨 일인지 그 방 세입자들이 금방 들어왔다 나갔다 하더라고. 총각이 아마 가장 오래 살았을 거야…."

나는 그제서야 왜 내 방에서 봉인부가 나왔는지 알 것 같았다. 쫓겨난 무당의 옹졸한 복수 같은 거였을까? 나는 그 집에서 정확히 2년을 살고 이사를 나가며 그 집과의 인연은 끝이 났다.

공인중개사가 말하는 귀신 나오는 집

– 제보: 직접 청취 –

내가 부산에 와서 처음 알게 된 지인들은 공인중개사였다. 연고도 없는 내가 방을 구하기 위해 처음 찾았던 곳은 부동산이었으니 말이다. 한번은 친해진 중개사에게 물었다.

"실제로 오피스텔이나 원룸 같은 곳에서 사람이 얼마나 죽어요? 귀신 보는 사람들 실제로 많이 있나요?"

그러자 그 지인이 말하길 실제로 많고, 그 때문에 집에서 굿도 했었다고 하는 것이다.

"많이 죽죠. 제 세입자도 자살했어요."

보통은 사람이 죽어나가거나 귀신이 나오는 집들은 주변에서 알지 못하게 조용조용 진행하는 경우가 많다고 한다. 이야기를 해준 중개사분은 형님이 부동산중개소 대표로 같이 일을 하고 계셨다. 꽤 일찍이 부동산 일을 시작하셨다고 한다.

한번은 직업이 간호사였던 한 여성 손님이 방을 구하러 방문을 했다. 원하는 조건의 방을 찾아 함께 둘러보다가, 부산 연산동에 있는 한 방으로 계약을 하고 입주를 시켰다.

중개사분은 그 손님의 인상착의, 직업 등 세세한 것까지 정확하게 기억한다고 했다. 계약 당시 손님이 요청한 게, 이사할 방에 있던 침대를 쓰지 않겠다며 이사 당일날 빼달라는 것이었다. 집주인은 그렇게 해주겠다고 수락했으나 막상 계약을 진행하고 나자 집주인은 중개사분에게 부탁을 해왔다.

"내가 옮길 힘이 없어서 그런데… 그날 가서 침대만 좀 빼주면 안 될까?"

그래서 손님이 입주하는 날 직접 그 집에 방문했다.

그러다 휴대폰을 떨어뜨렸는데 하필 액정이 깨졌다. 짐 날라주고 액정이 깨졌던지라 소득보다 지출이 컸던 날…. 그래서 그날을 정확하게 기억한다고 했다.

하여간 손님을 무탈하게 입주시켰다. 그리곤 얼마나 지났을까? 그 집의 집주인으로부터 한 통의 연락을 받았다.

"저 집주인입니다."

"네, 안녕하세요."

"아휴, 큰일났어요…. 중개사님이랑 계약한 102호 세입자…. 자살했대요!"

이야기를 들어보니 이러했다.

근처에 살던 초등학생들이 공놀이를 하던 중 그 건물의 뒤편으로 공이 넘어간 모양이었다. 그래서 그 공을 가지러 한 아이가 건물 뒤편으로 넘어가던 중… 창문 위로 이상한 것을 목격하고 마는데….

"얘들아…. 이쪽으로 와봐…. 저기 이상해!!"

"왜? 뭔데?"

"쉿! 조용하고 와봐…."

"뭐야? 왜 사람 얼굴이 보라색이야!?"

아이들은 창문 너머로 자살한 시신을 본 것이었다.

아이들은 그걸 처음부터 자살한 사람이라고 생각을 했던 건 아니었던 듯하다. 죽은 사람을 본 적이 있을 리가 없으니까….

그런데 창문 너머 그 사람이 왜 신발장에 누워 있을까? 하고 의문을 가졌고, 피부가 푸르스름한 것도 이상해서 아빠를 찾은 것이었다. 발견한 아이가 자기 아버지에게 말했고, 그 아버지의 신고로 시신을 발견해 수습하게 된 것이다.

여자 손님이 극단적인 선택을 하게 된 정확한 원인은 알 수 없지만, 당시 인근에서 돌던 두 가지 정도의 이야기가 있었다.

첫째는 남자 친구랑 싸우고 집에 돌아와서 홧김에 그런 선택을 했다는 것.

그리고 다른 하나는 남자친구랑 싸우고 집에 돌아오는 길에 누군가에게 성희롱을 당한 뒤 스스로에 대한 무기력감에 자살을 했다는 말도 돌았다.

이야기는 여기서 끝이 아니다. 소름 돋는 사실이 하나 더 있다.

그 사건이 어느 정도 정리되고 나서 집주인은 그 집에서 굿판을 벌였다.

하지만… 어찌된 일인지 그 사건 직후에 입주한 바로 다음 세입자가 죽을 뻔해 구급차가 출동했다. 스스로 자기 손목을 칼로 그었다는 것이다.

새로운 세입자는 남자였는데… 그 집에 입주한 뒤로 집에 놔둔 소파와 침대 위에서 자꾸 검은 사람의 형체를 목격했다고 했다. 매일 반복해서 목격을 하면서 점점 앙상하게 살도 빠지고 기운도 없이 매일매일 건강이 악화되어갔다. 그러다가 어느 순간부터 잘 시간만 되면 그 검은 형체가 귀까지 다가와서 속삭였다.

"죽어! 죽으라고! 죽으란 말이야!"

그러고는… 무언가에 이끌리듯 자기 손목을 스스로 그었다. 아마도 이 글을 읽는 대부분의 독자도 그렇겠지만, 남자도 자기가 입주하기 전에 집에서 무슨일이 있었는지는 전혀 모르는 상태였다.

듣다 보니 단순히 재미로 떠도는 이야기는 아니었던 것 같다.

이 이야기를 들을 당시 다른 직원들도 맞장구를 쳤다.

"아~ 거기 말하는 거지?"

그러던 중 한 직원이 다른 이야기를 하나 더 들려주었다.

"지금 내 세입자는 대전 본가로 도망쳤어…. 방세는 다달이 내고 있는데 세입자가 안 들어와…."

대전이 본가였던 세입자가 원룸을 찾아서 그 직원분이 광안리 인근의 원룸을 중개해 입주했다. 그러나 입주한 지 불과 한두 달 만에 이 집에서 못 살겠다며 찾아왔다고 한다. 이유를 물어보니 어처구니 없게도 귀신이 나타난다고 했다.

보통은 주차시비, 층간소음, 집에 발생하는 하자들을 이유로 이사를 요구한다. 그런데 뜬금없이 귀신이라니?

"밤마다 집에 귀신이 돌아다녀서 도무지 살 수가 없어요. 어쩌다 한 번이 아니라 밤마다 보이고 들리고, 심지어 저를 건드리기까지 한다구요."

"그게 무슨 말이신지…."

"온몸이 까만 눈동자만 보이는 귀신이 밤만 되면 둥둥 떠다니면서 저를 노려본다고요….”

그리고 보니 원룸 수요가 많은 광안리 인근임에도 그 방만 유독 계약이 이루어지지 않았다. 부산에는 임대업자들만 활용하는 매물 사이트가 있어서 다른 부동산 관계자들도 분명 그 방을 확인했을 텐데, 거의 3개월 넘게 방이 계약되지 않는 상황이었다.

그 방 세입자는 진작에 대전에 있는 본가로 도망가서 다달이 월세만 내고 있었다.

이야기를 들은 나는 그 직원분에게 물었다.

"그 집에서 누가 죽었어요? 아니면 그 건물에서 무슨 사건이라도 있었어요?"

그러자 그분이 말씀하셨다.

"글쎄요…. 집주인을 떠봐도 아무 일 없었다고만 하니 제가 알 길이 없죠. 주인만 알겠지….”

건물 이름을 듣고 나는 깜짝 놀랐다. 내가 위치와 이름을 알고 있던 건물이기 때문이다.

한여름 비 오던 장마철의 어느 하루… 차를 몰고 그 건물 앞을 지나던 중 음주차량에 뺑소니를 당했던 곳이었다. 태어나 첫 뺑소니라 신고 당시 현장 주변의 건물 이름 다 기억하던 터라… 듣고 깜짝 놀랐던 기억이 있었다.

아마 지금도 많은 사람이 초자연적인 현상을 이유로 집을 이사하고 있을 것이다.

이 글을 읽고 있는 독자들도 안심하긴 이르다. 본인이 살고 있는 집, 방에 대한 사연을 고스란히 알지 못할 테니 말이다. 지금 그 집에서 누군가 스스로 목을 맸었을지… 혹시 잔혹한 살인사건의 현장이지는 않았을지….

우이동 MT
시체닦이 아르바이트
각산 약수터에 올라갔던 실화
체육고등학교 귀신 이야기
귀신 보는 고문관(?) 후임
마트 야간근무 중 생긴 일

2장

우이동 MT

– 제보: 현지사랑 님–

이 이야기는 2011년도에 내가 군대를 제대하고 막 대학교에 복학했을 때 겪었던 일이다. 당시 나는 K대학교에 다니고 있었고, 여름을 맞아 내가 가입했던 동아리에서 MT를 가기로 했다.

당시 나는 처음 들어봤지만, 학교에서 멀지 않은 곳에 우이동이라는 MT 장소로 참 유명한 동네가 있었다. 우이동은 서울 외곽에 북한산과 닿아있고, 대체로 단독주택이 많고 폐가도 몇 곳 있었다. 산과 맞닿은 계곡지가 형성되어 있어 여름 MT 장소로 인근 대학에서 많이 찾았다.

그러나 인근 주민들 사이에서 심심찮게 괴담 같은 이야기들도 많이 들려오는 곳이다.

삼양로에서 화계사 방향으로 오다보면 길 양옆에 주택가가 나오는데, 그곳이 수유3동이다. 거기서 육교 하나를 지나 우측 골목으로 들어오면 언덕 옆 쪽으로 폐가가 하나 있었다.

기존에는 출입을 통제하지 않았는데, 노숙자 몇 명이 자다가 사망하는 사고가 생겨 한때 나무 판자로 입구를 막아놓았다. 2층짜리 가옥은 창문도 다 깨진 채 주택가 사이에 을씨년스럽게 서 있었다. 엉망인 그 집에서 귀신을 목격했다는 소문이 자자했다.

우이동 계곡을 향해 오다보면 덕성여대 맞은편 골목이 있다. 왼쪽편에 아파트가 있고 절로 올라가는 언덕이 보이는데, 바로 그 언덕에서도 이상한 일이 자주 일어났다. 한 가지 이상한 점은 주변 아파트들 중에서도 그 언덕과 맞닿아 있는 쪽의 방들에는 이상하게 습기가 많이 차고, 여름이나 겨울이나 보일러를 틀어도 냉골이라고 하는 말을 들었다.

그리고 또 새벽에 그 언덕배기를 보고 있다가 할아버지의 영혼이 여러 차례 언덕에서 내려오는 걸 목격한 사람도 있었다. 게다가 바로 옆에는 솔밭이 있는데, 밤늦게는 그 솔밭공원 내에 들어가지 못했다. 고양이가 워낙 많이 모여들기도 했고 비가 오거나 날씨가 흐린 장마철에는 여자 귀신을 목격하는 일이 잦았다.

여기까지는 내가 전혀 몰랐던 나중에 알게 된 우이동에 관한 이야기다. 지금부터 내 경험을 이야기해보고자 한다.

당시 활동하던 동아리 회장이 학교 근처 우이동에 MT를 가서 실컷 먹고 놀고 오자고 제안했다. 우리는 남자만 있는 동아리여서, 다른 동아리와 조인 MT로 계획했다.

"남자들끼리만 가면 너무 심심하지 않을까? 조인 MT 어떠냐?"

그때부터 인근 여대 동아리들과 과대들에게 연락을 취해 함께 MT를 갈 것을 제안했지만, 계속해서 거절만 당했다. 그러던 중 한 동아리에서 흔쾌히 수락을 했고, 우리 동아리 사람들은 쾌재를 불렀다.

그렇게 기다리던 MT 당일. 우리 동아리 부원과 여대 동아리 부원들이 산 밑에서 만나서 민박집으로 향했다.

우리 쪽 인원이 7명, 그 쪽에서도 7명으로 수는 딱 맞았다. 또렷하게 기억이 나는 건 그 민박집 밖으로 평상이 있었으며, 그 옆으로는 작은 개울이 있었던 게 기억난다.

그날 밤, MT의 주 목적이었던 술자리가 시작되었다.

나는 술은 잘 못 마셨지만 술자리에서 이루어지는 게임과 분위기, 혹시 생길지도 모르는 썸을 기대하며 자리에서 한 잔 두 잔 받아 먹기 시작했다. 하지만 금세 취해서 뻗어버리고 말았다.

언제 잠들었는지 모르겠는데 눈을 떠보니 나는 방 한쪽 구석에 누워 있었다. 불은 다 꺼져 주변은 어두웠다. 아마 끝까지 술을 달렸던 것으로 추정되는 남녀들이 우리 남자 방 방바닥에 널부러져서 자고 있었다. 일찍 잠든 여대생들은 여자 방에 가서 자는 모양이었다.

눈을 뜬 나는 갈증이 너무 심해서 물을 마시기 위해 일어났고, 바닥에 있는 사람들을 피해서 조심조심 발을 딛어 거실로 나갔다. 거실이라기엔 작은 주방 같은 공간이랄까? 그곳으로 나왔는데 민박집 현관문은 열려 있었다. 문밖엔 처음 보는 여자가 우리 방 안쪽을 바라보며 멀뚱멀뚱 서 있었다. 오늘 같이 온 여대생들은 모두 통성명도 했고 누가 누군지 전부 익혔는데, 문밖에 그 여자는 누군지 몰랐다.

"어… 누구지?"

나는 퉁명스럽게 말했다. 사실 그 말을 내뱉은 뒤 자기가 누구라는 대답을 기대했던 것 같다. 하지만 아무 대답도 없이 나를 쳐다만 보고 있는 것이다.

'혹시… 내가 잠든 사이에 D여대에서 놀러온 학생인가? 일부러 귀신 흉내 내며 놀라게 하려고 장난치는 건가?'

아마도 우이동이 D여대와 그렇게 멀지 않았기에 이런 생각도 하고 있었다. 그 순간….

"오빠!"

부르는 소리에 깜짝 놀라서 뒤를 돌아보니 D여대 막내 학번인 여자애가 있었다. 내가 분명히 기억하고 있는 얼굴이다. 그런데 그 친구가 나에게 하는 말에 소름이 끼쳤다.

"오빠… 왜 무섭게 혼잣말을 하고 있어요?"

나는 문밖에 처음 보는 사람이 있다고 대답하곤, 다시 문 쪽을 바라봤지만 거기엔 아무도 없었다.

"혹시 내가 잠든 다음에 후발대로 온 다른 친구들 있었어?"

"아니, 처음 온 사람들이 전부야."

나는 멋쩍기도 하고 무서운 마음을 여대생 막내에게 숨기려고 농담처럼 말했다.

"어? 그럼 내가 귀신을 본 건가? 나온 김에 잠깐 바람이나 쐬고 들어갈래?"

그러고는 함께 문밖에 있는 평상으로 나갔다. 한참 이야기를 나누다가 다시 방으로 들어오는데, 여대생 막내가 물었다.

"오빠, 지금 남자 방에 누구 있어요?"

"음… 지수 누나랑… 저 파란티 입은 애는 소정이 같은데?"

"아, 알겠어요~."

나는 원래 누워있던 자리로 돌아가서 다시 누웠다.

그런데 머리를 붙이고 불과 1분이 안 지난 것 같은데, 그 애가 방문 앞에서 다시 나를 불렀다.

"오빠, 잠깐만 나와봐요!"

갑자기 뭐 때문인지… 방문을 나서는 내 팔을 꽉 움켜잡고 여자 방 앞으로 데려갔다. 그러더니 벌벌 떨리는 목소리로 말했다.

"오빠… 저기 방에… 여자 방에… 다섯 명이 누워있어…."

"어? 그게 왜?"

"오빠가 남자 방에 지수 언니랑 소정이 누워있다며…. 그럼 지금 여자 방에 한 명이 더 있는 거잖아."

"무슨 소리야…. 여자 방에 다섯 명 있다고? 우리 방에 두 명…. 다해서 일곱 명 맞잖아?"

"나는! 나까지 하면 여덟 명이 되잖아!"

순간 그 이야기를 듣고 너무 소름이 끼쳤다. 한편… 착각을 했겠지 싶어 불을 켜보라고 한 뒤에 형광등 불을 켰다. 그런데….

정말 100% 실화라고 다시 한번 강조한다. 평생을 잊지 못할 그 장면을 그 여대생과 나 둘이서 동시에 목격하고 말았다.

당시 여자 방에는 한 명만 얼굴을 보이고 누워있고, 나머지는 옆으로 누워있거나 엎드려 누워 있었다. 그중 한 명이 눈이 부시다는 듯… 두 손으로 얼굴을 가리고 천천히 일어나더니 갑자기 우리를 지나치며 지나갔다. 그러고는….

"히히… 하하하하하하하!"

소름 돋을 만큼 선명하게 소리쳐 웃으며 문 밖으로 미친 듯이 뛰어나갔다. 절대로 자다 일어난 사람의 움직임이나 속도가 아니었다. 너무 놀란 여대생은 외마디 비명과 함께 주저앉아버렸다. 나도 멍하니 문밖을 바라만 보고 있었다.

그러자… 곧 무슨 일이냐며 남자 방에서 자다 일어난 우리 동아리 부원과 그곳에서 자고 있던 여대생 둘이 여자 방으로 들어왔다. 하지만 이 여자 방에 있던 여대생들은… 형광등 불빛이 켜졌음에도… 그리고 엄청난 웃음소리와 비명소리가 그 방 안에서 울렸음에도 불구하고… 단 한 명도 일어나지 못했다.

우리는 그들이 술 먹고 곤히 자는 줄 알고 깨우지 말자며 불을 끄고 다 같이 남자방으로 향했다. 우리는 조금 전의 이야기를 하며 벌벌 떨었다. 다른 사람들은 우리 속도 모르고 무서운 이야기를 하다 잠이 들었다.

그리고… 다음 날 아침 알게 된 사실….

여자 방에 남아있던 네 명 모두가 극심한 가위에 눌렸다고 호소했다.

시체닦이 아르바이트

– 제보: KJY 님 –

'시체닦이 아르바이트'라니, 이미 철 지난 괴담 아니야?' 하고 생각할지 모르겠다. 이 일은 100% 직접 겪었던 실화다. 지금은 모르겠지만 당시에 분명히 이 아르바이트는 존재했다.

때는 내가 26세, 구미 공장에서 일을 하고 있을 때였다. 공장이라는 곳은 갑자기 일이 뚝 끊길 때가 있다. 그럴 때면 공장 측에서 인원 감축에 들어가는데, 공교롭게 그 시기가 맞물려서 나도 공장에서 나갈 수밖에 없었다.

당시 원룸에 살면서 월세도 내야 하고 생활비 압박도 만만치 않았다. 다른 데서 일을 하려고 해도 일을 소개업체에 소속되어 있으니 다른 데는 갈 수가 없었다.

그러던 중… 단기 아르바이트라도 해야 하지 않을까 싶어 친구와 이야기를 나누었다.

"야…. 우리 단기 알바라도 찾아보자. 이러다 거지되겠어."

"그럼 같이 할 수 있는 걸로 좀 찾아보자!"

"그래. 나도 한번 찾아볼게!"

새벽에 잠깐씩 공사판 나가서 일당을 받으며 한 일주일 정도 여기저기 괜찮은 단기 알바 자리를 알아봤다. 건설 막일은 육체노동의 끝판왕이라 오래할 건 아니라고 생각했다.

그러다 일주일 뒤… 새벽 늦게 갑자기 친구한테 연락이 왔다. 이 시간에 연락할 놈이 아닌데… 하며 전화를 받았다.

"여보세요? 자고 있었냐?"

"아니~. 근데 이 늦은 시간에 갑자기 웬 전화야?"

"일거리 잡았는데… 너 할래?"

"뭔데?"

이어지는 친구의 말은… 아는 형 중에 장례업계에서 일하는 분이 있다고 했다. 장례서비스과를 전공하고 그 업계에서 오랫동안 일하고 계신 분인데, 2~3명 정도 인원 섭외가 가능한지 물어왔다는 것이다. 말로만 듣던 시체를 닦는 일이라고 했다. 친구는 마침 자기도 일이 필요하니 나한테 바로 연락을 해온 것이다.

"너… 해볼래?"

"…해야지. 나 돈 필요해. 누구누구 가? 너랑 나만 가는 거냐?"

"일단 너 한다고 하면 너랑 나랑 내 팀원 중에 하고 싶다는 애 있어서 셋이 가면 될 거야. 할래, 말래? 지금 확답줘야 해."

"…해보자, 까짓것!"

다음 날 친구가 알려준 장례식장 앞에서 만나기로 했다.

그렇게 약속시간에 맞춰서 장례식장 앞으로 가서 친구를 기다렸다. 잠시 뒤 일행을 만난 나는 함께 일을 소개해준 형이라는 분을 만나서 인사를 드렸다. 대략적인 설명을 들은 뒤, 시체를 보관하는 안치실 앞으로 갔다.

그런데, 안치실 앞에 도착하자 이런 말을 하는 것이다.

"먼저 주의사항이 있어. 이 일은 특수직인데 너희는 1회성 단기로 하는 거니까…. 명심할 건 너희 절대로 시신 가지고 장난치거나 하면 안 된다! 그리고 일 끝나면 아무데도 가지 말고 누구도 만나지 마! 알았어?"

시신을 가지고 장난치지 말라니, 이상한 기분이 들었지만 우선 그 앞에서는 대답을 해야 할 것 같았다.

"아, 네…."

처음에는 아무것도 아는 게 없으니 그냥 그런가보다 했다. 뭐든지 다 할 수 있을 것 같은 시절이기는 했다. 그래서 대답은 청산유

수로 알겠다며 거침없이 대답했다. 일을 시작하기 전에 다 같이 소주를 한잔 먹었는데, 일이 끝나고 나서가 아니라 시작하기 전에 술을 마시는 건 좀 색달랐다.

드디어 안으로 들어가 일을 시작했다. 일의 시작은 냉장고에서 시신을 꺼내는 일이었다. 총 2구의 시신을 꺼냈다. 한 구의 시신에 네 사람이 붙어 작업을 하는데, 시신의 상태가 말도 못 할 정도였다…. 쉽지 않은 일이었지만, 일하다 중도 포기하면 한 푼도 못 받는다는 말에 작업을 계속했다. 그렇게 첫날치고는 일을 잘 마무리했다.

친구는 비위도 좋은지 일이 끝나자마자 새벽에 바로 인동에 있는 맥주펍에 친구들 만난다며 가버렸다. 그리고 그곳에서 술을 진탕 먹었던 모양이다.

새벽 3~4시쯤인가? 친구가 그 무리에서 빠져나와 집에 들어가는 중이었다. 구미는 공장단지가 많아서 밤이 되면 불도 다 꺼지고 차도 사람도 잘 안 다니는 곳이다.

그런데… 어느 골목에서 누군가가 서서 중얼거리고 있는 것이 보였다. 그래서 도움이 필요한가 싶어서 취한 와중에 가까이 가서 말을 걸어봤다.

"괜찮으세요? 여기서 왜 이러고 있으세요?"

친구가 물었는데… 그 사람은 대답도 없이 다른 곳으로 쓱 가버렸다. 친구는 기분이 이상했지만 다시 제 갈 길을 갔다.

그런데 이번엔 다른 골목에서 또 그 사람이 중얼거리고 서있는 게 보였다. 그래서 어디 불편한 사람인가 싶어서 물었다.

"길 잃으셨어요? 여기 길 모르면 알려드릴게요."

말을 거는데 또 대답없이 어딘가로 가버렸다. 낌새가 이상해서 무언가에 이끌리듯 그 사람의 뒤를 밟았다.

그 사람은 조그만 어느 주택으로 들어가더니 주택에 있는 텃밭에서 맨손으로 바닥을 짐승마냥 파기 시작했다. 낌새도 이상한데 술도 한잔해서 겁도 없겠다… 고개를 쭉 빼고 들여다봤다.

그러자 그 텃밭 아래에… 유품보관함을 손톱으로 마구잡이로 긁고 있었다고 한다. 그것이 유품 보관함인 걸 알았던 건, 당장 어제 일하며 봤던 터라 기억이 안 날 수가 없었다. 뭔가 잘못됐다 싶어 그 자리를 서둘러 도망치기 시작했다.

그리고 다음 날… 일을 소개해준 형을 찾아가 어제 새벽에 겪은 일을 구구절절 이야기하기 시작하려고 하는데….

형은 친구의 말을 듣기도 전에 자기 말부터 시작했다. 그 말이 너무나 충격이었다.

"야… 어제 시신 한 구 사라졌었다!"

어제 분명히 모든 작업을 제대로 해놨는데, 시체도 분명 정리를 해놓았는데… 그 시체가 사라졌다는 말이었다.

단기 아르바이트로 작업을 한 우리만 있던 게 아니고 직원들도 함께 작업한 거라 누가 이상한 짓을 할 수 있는 상황도 아니었다.

직원들 모두가 단체로 멘붕이 와서, 이곳저곳을 뒤지다가 결국 시체를 찾았다고 한다. 하지만 원래 있을 자리가 아닌, 완전히 엉뚱한 곳에서 시체를 찾았다는 말이었다.

그 일이 일어나고 한 3일쯤 뒤였다. 나는 일정대로 다시 한번 시체를 닦으러 갔다. 그때 함께 작업했던 직원들은 다 교체가 된 건지, 처음 보는 사람들뿐이었다. 그렇게 저번과 같이 소주를 한잔하고 안치실로 들어가 시체를 닦고 정리했다. 그날도 무사히 잘 마무리하고 퇴근을 했다.

그리고 정확히 4일이 지나서 연락이 하나 왔다. 그 연락의 내용은 충격적이었다. 나와 같이 작업한, 그러니까 함께 시체를 닦던 사람 중에 한 분이 죽었다는 것이다.

겁먹은 내가 떨리는 목소리로 물어봤다.

"대체… 무슨 일로… 그런 거래요?"

연락해온 분은 그날 죽은 사람과 함께 일을 온 친구에게 들은 이야기라며 이야기를 해주었다.

일을 마친 다음 날 두 친구는 집에 같이 있었는데, 멀쩡히 잘 있던 사람이 허공을 바라보며 중얼중얼 하며 말했다.

"어? 뭐라고? 야… 뭐라는 거야….”

"무서워… 무서워… 저 죽이지 마요…. 아윽….”

"뭐래…. 야! 야! 너 괜찮아?"

바들바들 떨며 식은땀까지 흘렸다.

"저 사람이 나 데리고 가겠대…. 어떻게 좀 해봐…. 흐윽….”

분명히 둘밖에 없는 방에서 누군가가 말을 한다는 것이었다. 혼자는 못 간다며, 자기를 데려가려고, 같이 가자고 하더라는 것이다. 한참을 진정시키기 위해 실랑이 하다 겨우겨우 진정시켰다.

'애가 컨디션이 안 좋아서 그런가….'

친구가 잠깐 피로회복제라도 사서 먹여야겠다는 생각에 약국에 다녀왔는데, 친구가 나간 사이에 사단이 난 것이다. 남은 사람은 부엌에 있던 식칼로 손목, 옆구리 그리고 목까지 스스로 그어버렸다.

무서운 사실은… 상처 부위였다. 어제 작업한 시신은 살인사건 피해자였는데, 그 상처 부위가 완벽하게 일치했다.

사망한 분의 친구는 자기도 어떻게 될지 모르겠다는 생각에… 무서워서 곧장 무당을 불러 굿판을 벌였다. 그런데 굿을 하러 온 무당이 그분을 위아래로 한번 훑고는 이렇게 말했다.

2장

"미친놈이 할 일, 안 할 일이 따로 있지…. 죽고 싶어 작정을 했구나? 거기 기어들어간 것부터가 불길하기 짝이 없는데…. 너희가 보고 온 게 평범하게 죽은 자가 아니야! 그 상처를 보고 이상하단 생각도 안 들든? 일가족이 다 찔려죽었으니… 쯧쯧."

이어서 무당이 이야기하길… 그들, 그러니까 나를 포함한 작업한 사람들이 보고 온 시신은 일가족 살인사건의 피해자였다는 것이었다. 그나마도 그 피해자는 가해자의 손에서는 살아남았지만, 가족들이 모두 죽었다는 사실을 깨닫고 스스로 손목을 그었다는 말이었다. 그가 품은 한이 말도 못 할 정도라고 했다. 그래서 굿판이 끝나고 난 뒤에서야 연락을 한 것이었다.

나중에 확인한 그 시신의 실제 사망 사유는 굿판에서 들은 말과 동일했다.

여기서 끝이 아니었다. 공포영화에나 나오는 이야기가 아니다. 나 역시도 믿을 수 없다. 여기서 죽어나간 사람이 한 사람 더 나왔다. 나랑 동갑인 남자인데 나처럼 바쁠 때 소개받아 1회성 알바로 왔던 사람이다.

그가 길거리에서 쓰러진 것을 행인이 발견하고 병원으로 옮겼는데, 갑자기 허공을 보며 살려달라고 빌더니 거품을 물곤 숨이 멎어 죽었다. 그가 그날 작업한 시신의 사망 사유는 질식사였다고 한다. 나는 그 이야기를 늦은 밤에서야 듣게 되었는데, 그날 밤새도록 잠을 이룰 수 없었다.

나 또한 같은 일을 했었기에 불안에 휩싸였다. 지금 당장은 멀쩡하지만… 갑자기 그들처럼 비명횡사 하는 게 아닌가 싶어 형에게 물었다. 나는 괜찮은 거냐고…. 그러자 형이 말했다.

"내가 너희한테 작업 전에 알려준 얘기 있지? 내가 괜한 소리 한 게 아니야. 사실 이런 일이 종종 있어. 아마 모르긴 몰라도 걔네… 내가 말한 거 별 대수롭지 않게 생각했을 거야…."

다행히도 나는 지금까지 멀쩡히 잘 살고 있다.

아마… 나 역시 고인을 보고 못된 마음을 먹었다거나, 형이 말해준 금기를 대수롭지 않게 여겼다면 이 이야기를 전하지 못했을지도 모를 일이다.

각산 약수터에 올라갔던 실화

– 직접 경험 –

경상남도 사천시 각산에는 다른 여느 산처럼 약수터가 여러 곳 있다. 그저 산중턱에 있는 흔하디 흔한 약수터 같지만, 이곳에는 무서운 소문이 있다. 사천에서 대를 이어 오랜 기간 살아오신 분들은 한 번쯤 들어봤을 이야기, 그리고 실제로 한때 꽤나 떠들썩했던 이야기다. 그렇게 묻힌 이야기를 수십 년이 지난 뒤 내가 직접 촬영을 다녀오면서 유튜브, 방송 등에서 재조명이 되었다.

문제의 각산 약수터에서의 귀신 목격담으로 인해 마을은 공포로 휩싸였다.

2001년 어느 여름날이다. 해가 지고 어둑어둑해질 무렵, 약수터를 다녀오던 한 남성이 소복 입은 귀신을 보고 혼비백산해 도망쳐 내려온 일이 있었다.

그런데 바로 얼마 뒤… 같은 장소에서 동네 주민들이 같은 인상착의의 귀신을 목격하고 헐레벌떡 도망쳐 내려오는 일이 다시 생겼다.

약수터에 귀신이 나온다는 소문은 일파만파 퍼졌다. 그로 인해 약수터에 방문하는 동네 주민들의 발길이 뚝 끊길 정도였다. 지금이야 물은 쉽게 사먹지만, 당시 약수터에서 물을 떠다 먹는 집이 꽤나 많았으니 불편함을 호소하는 마을 주민은 하나둘이 아니었을 것이고, 오며 가며 목격담도 상당했을 걸로 생각된다.

이 소문에 대해 더 구체적으로 들을 수 있었던 건 한 구독자의 제보였다. 당시 제보자는 고등학생으로, 삼천포에 살았다고 했다. 그분의 어머니와 친구분이 직접 겪은 이야기는 이렇다.

어머니와 친구분이 약수터를 가기 위해서 산을 오르던 중… 위에서 어떤 여인들의 비명소리가 들려왔다. 이윽고 헐레벌떡 뛰어 내려오는 아줌마들의 모습이 보이기 시작했다. 그들이 가까워지자 무슨 일인지 물었더니 다음과 같은 이야기를 전했다.

물을 뜨기 위해 약수터에 방문한 아주머니들은 앞에 사람이 있어서 순서를 기다리고 있었다. 약수터에 막 도착했을 때는 바로 앞에 있는 어느 머리가 긴 여자가 물을 허겁지겁 들이키고 있었는데… 기다려도 기다려도 비킬 생각을 하질 않았다. 보통 바가지째 물을 떠서 목을 축인다고 하면 많아야 두세 번 떠마시고 말 텐데, 몇 번이나 계속해서 물을 마셨다. 이상한 행동에 그 사람을 계속 쳐다보는데, 희안한 게 물을 퍼마실 때마다 물이 죄다 바닥으로 쏟아져 내렸다는 것이다.

뒤에 줄을 서서 아주머니들이 말했다.

"저기요…. 물 그렇게 다 버릴 거면 좀 비켜주세요. 저희도 물 좀 뜹시다."

그러자 한참 물을 퍼마시던 여자가 뒤를 돌아보더니 말했다.

"ㄴㅐ…가… 터기…이어야 무르 머지…."

(내가 턱이 있어야 물을 먹지.)

그러고는 턱이 없이 뻥 뚫려 입안이 훤히 보이는 여자는 계속 자기 입에 물을 퍼부었다. 잔뜩 드러난 윗이빨과 처참하게 찢어진 볼때문에 겨우 덜렁거리는 아래턱… 그곳으로 바가지에 있던 물이 물이 주르륵 주르륵 흐르고 있었다. 처참한 몰골을 본 아주머니들은 비명을 지르며 약수터에서 내달려 도망쳤다.

"으… 으아악!"

"사람 살려! 귀신이야! 끼야악!"

그 이야기를 전해들은 제보자의 어머니와 친구분은 겁에 질려 두 번 다시 해질 무렵엔 각산에 오르지 않았다고 한다.

이런 소문들과 적지 않은 목격담으로 마을 분위기가 흉흉해졌다. 당시 동림동 마을 노인회장이 나서서 문화예술회관에서 위령제를 치를 것을 요구했다. 아이러니한 점은 어찌 보면 얼토당토않아 보일 그 요구를 문화예술회관 측에서 들어주어 실제로 위령제를 치러주었다. 왜 그랬을까?

지금의 사천시문화예술회관은 각산 산자락 아래에 위치하고 있다. 약수터로 향하는 등산로 입구이기도 하다. 문화예술회관이 들어서기 이전 이곳에는 연고를 알 수 없는 묘지들이 있었다. 그 묘지들을 밀어내고 올라간 건물이 바로 문화예술회관 건물이었다. 갈 곳 잃은 혼령이 목을 축이러 약수터 근처를 전전하는 게 아니냐며 위령제를 요구한 것이다….

이 일련의 소동은 신문과 방송에도 나왔던 유명한 소동이었다. 이제는 세월이 많이 지나 사람들에게서 잊혀가고 있었다.

시간은 흘러… 2020년 9월 4일 자정 무렵이었다.

실제 이 이야기의 현장이 궁금해서 촬영차 방문했던 날, 세상에 이런 우연이 또 있을까 싶을 정도의 신기한 일이 있었다.

약수터로 가는 등산로 입구 주차장에서 영상 오프닝을 촬영 중이었다. 자정에 가까운 늦은 시간이었던 것으로 기억하는데, 카메라 옆으로 한 부부가 약주 한잔을 하고 들어가는 길인 것 같았다.

"지나가도 되나요?"

"아… 네. 지나가세요~."

"촬영하시나봐요? 어떤 거 촬영하세요?"

"아, 그게… 공포 관련 주제로 촬영 중이라서….'

사실 이런 촬영을 하면 동네 사람들이 불안해하니 싫어하는 내색을 비추기도 하고, 내 입장에서 괜히 겁을 주기 싫은 것도 있었다. 그래서 말하기가 다소 거북하긴 했다. 한데, 그분들의 반응은 쉽게 보기 어려운 것이었다.

"어? 여기 귀신 엄청 많은데."

"아, 정말요? 그게….'

"여기 말고도 이 뒤로도 귀신 많이 나오는데….'

"네, 그러잖아도 제가… 여기서 귀신 소동이 있었다고 기사를 보고 왔거든요."

"아~! 맞아요. 그거 우리 삼촌인데….'

그렇게 그분들과 자연스럽게 대화를 시작했다. 알고 보니 그 아내분은 신문기사에 실린 귀신 목격담 당사자의 가족이었다. 그분들은 나에게 각산은 약수터 외에도 이전부터 귀신 목격담이 꾸준한 지역이라고 증언했다. 또한 6.25 당시 죽은 시신들이 사방에 묻혀있다는 말도 어릴 때부터 들어왔다는, 새로운 이야기도 알려주셨다. 그러면서 밤늦게 이 산에 오르는 건 좋은 생각이 아니라며 나를 말리기도 했다. 그냥 올라가지 말라는 으름장이 아니라, 무서워서 어쩔 줄 몰라 하는 모습이었다.

그럼에도 불구하고 나는 그곳에 올라갔다. 나는 그날 처음으로 깨달았다. 모르기 때문에 낯설고 무서운 게 아니라, 너무나 잘 알고 있어서 무서운 극한의 공포를….

당사자 가족의 이야기를 듣자마자 그 산을 오르다니….

나는… 그날 처음으로 진짜 귀신이 나올지도 모른다는 초 긴장 상태로 산을 올랐다.

바스락…. (바스락~.) 바스락…. (바스락~.)

희안하게도 조용한 산에서 낙엽을 밟으면 내 뒤에서 누가 내 뒤를 밟는 듯 소리가 들려온다. 혹시나 하고 여러번이나 뒤를 돌아봤다. 올라가는 도중에는 누구의 것인지 모를 여러 무덤들을 지나야 했고… 그나마 나를 위로하는 건 저 멀리 산아래로 보이는 길거리의 가로등 불빛 정도였다.

그렇게 한걸음 한걸음 산을 올라 어느 지점에 이르니 물소리가 들리기 시작했다. 약수터였다.

나는 긴장한 채 약수터 이곳저곳을 둘러보며 혹시 있을지 모르는 혼령들에게 말을 걸어보며 녹음을 하기 시작했다. 하지만 위령제 이후 천도가 된 것인지 뭔지 내 눈앞엔 다행히도 무언가가 모습을 드러내진 않았다. 내려오면서도 무엇을 목격하거나 마주하진 하진 않았다.

무사히 촬영을 마친 후, 나는 집에서 촬영해온 영상들을 열심히 편집하여 업로드시켰다. 사건 당사자의 가족을 만났던게 현장감을 극도로 끌어올려줘서 그랬던 것인지 평소보다 조회수도 댓글 반응도 폭발적이었다. 그리고 이어진 여러 댓글 중에는 이런것들이 보인다.

"○분 ○○초에 사람 손 같은 게 보여요."
"○분 ○○초에 뭐 하얀 거 안 보임?"

매번 느끼지만 의외로 꽤 많은 사람들이 매 1분 1초를 숨죽여서 듣고 관찰한다. 그러나 대부분 조명, 그림자, 기타 평범한 요소에 너무 과민하게 반응하는 댓글들이었다. 그리고 시간이 흘러 수개월 뒤… 영상의 조회수가 서서히 굳어갈 때쯤… 내가 미처 보지 못했던 한 댓글을 발견하게 되었다.

"코비님, ○분 ○○초에 여자목소리로 속삭이듯 조심해~ 라는 말이 들려요."

나는 또 잡음을 오인한 건 아닐까? 하고 시청자가 찍어준 타임라인을 클릭하고 자세히 들어보았다.

무슨 소리가 지나간 것 같긴 한데 뭐지? 하고 스피커 볼륨을 올려서 다시 들어보았다.

"조심해~"

분명 조심해~ 하는 속삭이는 말소리가 들어가 있었다. 심지어 그 부분은 내가 등산로를 올라가기 시작하는 초입에서 담긴 소리였다. 잡음이겠지? 싶어서 편집기에서 볼륨을 높이고 0.1배속까지 소리를 늘려서 들어봤지만 오히려 더더욱 선명히 '조심해' 라고 들려올 뿐이었다. 진짜로 이런 소리가 담길줄은 꿈에도 생각을 못했다.

이런저런 위험한 장소를 방문할 때마다 담력이 좋다는 소리를 듣는 나지만, 만약 저 소리를 현장에서 직접 내 귀로 들었다고 생각한다면… 나도 올라가는 것에 대해 다시 한번 생각해보지 않았을까?

체육고등학교 귀신 이야기

— 제보: 빅마운틴 님 —

대한민국에는 엘리트 스포츠라는 분야가 존재한다. 전국체전, 더 나아가 아시안게임이나 올림픽을 위해 운동에 모든 것을 쏟아붓는 학생들이다. 보통은 체육중학교, 체육고등학교에서 자신이 선택한 종목을 훈련한다. 일반적인 체대입시 운동과는 비교도 안 되는 강도의 훈련을 견뎌야 하는 것은 물론, 일부 코치나 선배들의 폭력에 크고 작은 사건들도 벌어지곤 한다.

이건 내가 졸업했던 체육고등학교에서 있었던 실제 이야기다.

학교에는 기숙사가 있었다. 결론부터 말하자면 우리 학교 기숙사에는 귀신이 나왔다. 기숙사 건물 4층은 가장 저학년인 1학년

학생들이 사용을 했다.

그러던 어느 날, 기숙사에 머물던 학생 한 명이 자신이 살던 아파트의 창밖으로 뛰어내려 사망하는 사건이 발생했다. 이상한 점은… 학생이 죽은 건 자택이었지만 그 사건 이후 학생들 사이에는 기숙사 4층에서 죽은 아이의 혼령이 목격된다는 소문이 파다하게 돌기 시작한 것이다.

"죽은 애가 복도를 걷는 걸 봤대!"

"화장실 불을 껐다켰다 한다던데?"

아이들 사이에서만 돌던 귀신 목격담이 확실시되는 사건이 하나 발생했다.

늦은 밤… 기숙사 복도를 순찰하던 코치 한 분이 빨래건조대 아래에서 이상한 장면을 목격한 것이다. 어두운 와중에 누군가가 건조대 아래에 쪼그리고 앉아있던 것이다. 깜짝 놀란 코치는 그 쪽을 향해 조명을 비추었고 그곳에 있던 건 다름 아니라 죽은 그 학생이었다. 순간 심장이 멎을 듯했지만, 마음을 단단히 먹은 코치는 학생에게 한마디했다.

"네가 자꾸 나타나니까 다른 애들이 놀라잖아. 그만 돌아가!"

그러자 신기하게도 그 자리에서 스르르 사라졌다.

하지만 학생들 사이에 귀신 목격담은 한동안 더 이어졌다. 이야기는 여기서 끝이 아니다.

체고에서 기숙사 생활을 하는 아이들은 아침, 점심, 저녁에 점호를 해야만 식사를 할 수가 있었다. 그러던 어느 날 학생 중 한명이 점호를 위해서 씻고 옷을 입고 기숙사 방을 나오던 중이었다. 정신없이 움직이던 학생의 눈에는 분명 방 안에 남아있는 누군가의 실루엣이 비쳤다. 당연히 룸메이트라고 생각하고 부르며 문 앞에서 뒤를 돌았다.

"야! 얼른 같이 나가자!"

하지만… 방금까지 있던 실루엣은 사라지고 없었다. 분명 있던 애가 보이지 않자 방 안 곳곳을 살펴봤지만 아무도 없었다. 잘못 봤나보다 하며 다시 방을 빠져나왔다.

그런데 그때였다.

저벅저벅저벅저벅.

뒤에서 누군가 방을 나오는 것이 느껴져 뒤를 돌아보자… 그곳에는 룸메가 아닌 전혀 처음 보는 학생이 뛰어나왔다. 분명히 방에는 아무도 없었는데…. 놀란 학생은 계단을 뛰어내려 도망갔다.

이 일을 겪은 학생은 학창 시절 나를 지도했던 코치님이다. 그분이 학생이던 시절 직접 겪은 일이다.

코치님은 그 이후로 기숙사 4층에는 홀로 절대 올라가지 않았다. 이 이야기를 전하면서도 고개를 절레절레 흔드셨다.

그 뒤로 언제 나타날지 모르는 귀신에 대비하겠다며 영적인 것들에 관심을 많이 가지게 되었다. 관련 책까지 탐독했다. 코치님이 그 일을 겪었던 4층의 기숙사 방은… 과거 실제로 사고가 있었던 그 방이었다.

천장에 달려있는 전등을 떼어내면 내부에는 전기 배선들이 꼬불꼬불하게 얽혀 있는데, 과거 한 학생이 이 전선에 줄을 달아 목을 맨 사건이 있었다. 이후에 아무도 들어가지도 못하도록 문을 폐쇄했던 방이다.

마지막으로 체육고등학교 사우나 이야기다.

체육고등학교에서 양성하는 종목들은 굉장히 다양하다. 특히 레슬링이나 유도와 같은 투기종목은 훈련 자체가 워낙 힘들기도 힘들지만, 시합을 나가기 위해서는 보통 체중을 감량해서 체급을 맞춰야만 한다.

하지만 매일같이 운동하는 선수들에게 뺄 지방은 거의 없다. 죽기살기로 몸에 있는 수분을 빼는 것이다.

그래서 체육고등학교 1층에는 사우나가 있었다. 목욕탕 사우나와 같다고 생각하면 된다. 몸 담그는 탕과 샤워시설 그리고 한증막처럼 문 닫고 들어가서 땀을 빼는 사우나가 있었다. 그렇지만 이

사우나는 내가 학교에 다닐 때 이용이 불가능했다. 교사만 이용이 가능하다거나, 체중감량을 할 때만 이용이 가능하다거나 하는 것이 아니라, 아예 문을 폐쇄해버린 곳이다. 그 이유는… 이렇다.

내가 입학하기 전에 유독 체중이 잘 빠지지 않던 학생 한 명을 한 코치가 강제로 사우나에 집어넣었다. 밖에서 문을 잠가놓고 의자에 앉아 나오지 못하게 했는데, 코치가 슬몃 잠이 들어버린 것이다. 안에 있던 학생은 계속 문을 두드리고, 소리치고, 절규하며, 손톱으로 문을 긁어댔지만 코치는 그 소리를 끝내 듣지 못했다. 그 안에서 학생의 숨이 서서히 멎어가는 순간까지….

그 사건 이후 사우나는 폐쇄되었다. 그런데 학생들은 사우나를 배회하는 죽은 귀신을 목격했다는 소문이 하나둘 들려오기 시작했다. 사우나 시설이 폐쇄되다 보니 내가 재학 중일 때는 레슬링부, 유도부 선수들은 불편하게 학교 건너편 사우나까지 가서 땀을 빼곤 했다. 어찌보면 안전사고만 방지하면 될 것을, 귀신이 나온다는 말 때문에 그랬다는 소문도 있었다.

이 이야기들은 전부 내가 재학 중일 때 학교에서 유명하던 실제 사건과 괴담이다. 지금 재학 중인 학생들에게도 이 이야기가 전해지고 있는지 궁금하다.

귀신 보는 고문관(?) 후임

– 제보: I can do it 님 –

내가 군 복무 시절 있었던 일이다. 나는 GOP에 있었는데, GOP에는 남한과 북한 사이에 있는 구역인 비무장지대를 지키는 철책선이 있다. 그 철책의 안쪽은 비무장지대, 바깥 쪽은 우리나라으로 이해하면 되겠다.

나는 자대배치를 GOP로 받게 되었다. GOP 아래 페바(FEBA)에 있던 부대와 교대가 되는 상황이 있었다. 우리는 페바에 있던 사람들을 '아저씨'라고 불렀다. 교대 전, 그들 중 몇 명이 먼저 GOP로 올라온 뒤 함께 근무를 투입해서 배우는 일종의 인수인계를 한다. 직장에서의 OJT(On the job training) 개념과도 비슷하다. 당연히 그 과정에서 이런 얘기 저런 얘기가 많이 오가게 된다.

하루는 나와 사수, 그리고 폐바 아저씨 한 사람까지 3명이 새벽 근무에 들어갔다. 근무 투입 후 심심하니 이런 저런 이야기를 하다가, 폐바 아저씨가 이야기를 꺼냈다.

"아저씨들, 우리 중대로 갈 것 같은데? 우리 중대 엄청 무서운 썰 있는 거 알아요?"

"진짜요? 뭔데요?"

이야기는 다음과 같았다.

그 중대는 생활관이 1~7생활관까지 있는데 생활관 앞에 공중전화가 있다고 한다. 벽에 걸려있는 형태의 옛날식 공중전화 3대가 있는데 그중 하나가 새벽에 혼자서 울려댄다는 것이다.

"따르르릉~! 따르르릉~!"

전화를 받아 수화기를 집어들어도 아무도 말을 하지 않는다고 한다.

"여보세요?"

"…."

"말씀하세요!"

"…."

그리고 그 7생활관 쪽에서는 가끔씩 가위에 눌리는 사람들이 생겨난다. 가위에 눌린 사람들은 하나같이 여자 귀신과 아이 귀신을 봤다고 증언을 한다는 것이다.

나는 이 이야기를 심심하니까 지어낸 이야기 정도로 생각했다. 가위눌림을 경험해본 적이 없기도 했고, 군대마다 돌고 도는 흔한 이야기겠거니 생각했다.

이어서 본격적인 부대 교체가 이루어졌다. 우리 부대 인원들은 그 폐바라는 곳으로 내려가게 되었다. 그렇게 그곳에서의 생활이 시작되었다.

그런데… 그 소문… 사실이었다. 그 아저씨가 말한 전화기가… 새벽이 찾아오자 정말로 울려대는 소리가 들려왔다.

"따르르릉~! 따르르릉~!"

받아보니 정말 아무 말도 없었다. 다행이라고 해야 할지 모르겠지만, 우리 부대에서 가위눌림을 호소하는 사람은 아무도 없었다.

이후 시간이 한참 지나 내가 전역을 2~3주 정도 앞두고 있을 때였다. 그 사이에는 별 일이 없었다. 간혹 전화기가 울려댄다는 것을 제외하면….

그리고 부대 개편이 있었다. 나는 원래 1소대 1생활관을 쓰고 있었는데 전역할 때가 되어 소대개편이 되어서 3소대 7생활관으로 전입을 갔다.

그러던 어느 날… 전역 전 마지막 휴가를 나갔다 와서 주말에 쉬던 중이었다. 신병들이 들어왔다며 후임들이 소개를 시켜줘서

인사를 받는 자리가 있었다. 당시 내 자리는 7생활관 가장 끝자리였고 새로 들어온 신병은 바로 내 옆자리에 배치되었다.

단둘이 이야기를 하다보니 신병은 나와 동갑이었다. 마침 흡연자이기도 해서 그 신병과 담배를 한 대 피우러 나갔다.

"야! 나 너랑 동갑이잖아. 이제 나 전역도 얼마 안 남았고…. 둘이 있을 땐 그냥 반말해."

"그러면 안 되는거 아닙니까?"

"해, 그냥. 다들 한다."

이런저런 이야기를 하다가 뜬금없는 생각이 들어 이런 질문을 했다. 이전에 폐바에 있던 아저씨가 했던 것처럼, 나도 이곳에 대한 괴담을 전해주고 싶었다.

"너 무서운 이야기 좀 아는 거 있냐?"

"어지간한 사람들보다 많이 알걸? 나 사실 귀신도 봐."

나는 그 이야기를 듣고 순간 폐급 고문관이 들어왔구나 싶었다. 당시 자기 입으로 귀신 본다고 말하는 사람은 살면서 보지 못했다. 그래서 대충 대화를 마무리짓고 들어왔다.

그리고 그날 저녁이었다. 자기 전에 신병과 나란히 누워 불 꺼진 천장을 보고 있다가 넌지시 물었다.

"야… 너 아까 귀신 본다고 했지?"

"맞습니다."

"여기도 귀신 있는 것 같냐?"

"…네, 있는 것… 같…습니다…."

"귀신이 어디 있는데? 말해봐. 한번 좀 보게."

나는 낮에서처럼 장난조로 물었던 건데, 신병은 그때와 분위기가 사뭇 달랐다. 계속 머뭇거리던 신병이 겨우겨우 대답했다.

"…이곳에서는… 말씀드리기가 조금 어려울 것 같습니다."

나는 정말 이상한 신병이 들어와서 후임들이 골치 아프게 됐구나 싶었다.

"귀신이 우리 근처에 있나봐?"

신병은 더이상 대답을 하지 않았다. 그래서 역시 폐급이구나 하며 무시하고 잠이나 잤다.

그리고 얼마나 잤을까…?

여름이었지만 너무 추워서 눈을 떴다. 그리고 침상 건너편 구석에 있는 에어컨을 바라봤다. 역시나 에어컨이 세게 틀어져 있었다.

"으, 춥다…."

옆으로 돌아누웠는데, 어라? 신병 또한 눈을 크게 뜬 채로 에어컨 쪽을 바라보고 있었다.

"아! 깜짝이야…. 너 안 자고 뭐해!"

"저… 저기 보셨습니까?"

"뭔 개소리야. 뭐! 저기 귀신이라도 있어?"

"네… 있습니다. 저기 있습니다…."

"그 귀신 지금 정확히 어디 있는데? 뭐하고 있는데!"

"지금… 생활관 밖으로 나가고 있습니다."

우리가 있는 7생활관은 입구 나가서 바로 왼쪽으로 공중전화가 3대 있었다.

"그래? 귀신이 어디 가는데?"

"공중전화 앞에 있습니다!"

그리고 공중전화 앞에 있다는 신병의 말이 끝나기가 무섭게….

"따르르릉~! 따르르릉~!"

전화기가 울리기 시작했다. 그런 소름은 생전처음이었.

밖에 불침번 서던 후임들이 뛰어와서 전화를 받았다.

"통신보안. ×중대 ××입니다."

"…."

전화를 끊는 걸 보니 아마 수화기 너머에선 대답이 없었던 것 같다. 그 모든 장면을 보고 있던 나는 신병에게 물었다.

"너 뭐냐…? 이거 뭐야?"

"제가 진짜라고 하지 않았습니까…."

헛소리를 했다고 하기엔 그 타이밍이 너무 소름끼칠 정도로 정확했다. 그렇지만 나는 애써 진정하고 후임에게 말했다.

"난 귀신 안 믿는다. 단지 이 타이밍이 신기할 뿐이야. 그럼… 네가 여기서 본 거 있으면 다 말해봐!"

그러자 신병은 머뭇거리며 대답했다.

"사실… 여기 오자마자 여자 귀신이랑 어린아이 귀신을 봤습니다."

다시 한번 소름이 돋았다. 내가 여자 귀신과 어린아이 귀신에 대해 들은 건 이등병 때였다. 이 이야기를 알고 있는 사람은 내 동기와 맞후임들밖에 없고, 신병은 오늘 하루 종일 나와 함께 있었기 때문에 누군가 이 이야기를 들려줄 틈이 없었다.

다음 날 나는 동기와 맞후임들에게 GOP에서 처음 내려올 때 들었던 이 이야기에 대해 물어보았다.

"야, 너희들 GOP에서 내가 그 아저씨한테 들었다고 했던 귀신 이야기 기억하냐?"

"공중전화 말씀이십니까? 여기 진짜 전화 울리지 않습니까."

"아니, 그 여자 귀신이랑 어린아이 귀신 나온다고 했던 거."

"아, 맞다! 그 이야기도 있었지. 분명 기억납니다."

"이거 다른 부대 사람들한테 얘기해준 적 있어?"

"그런 적 없는데 말입니다."

다들 이 이야기는 너무 오래전 이야기라 당시에도 흔한 괴담쯤 생각해 잊고 있었다고 했다.

나는 다시 한번 신병한테 말했다.

"내가 GOP 있을 때, 이 부대 쓰던 사람들이 하던 이야기가 여자 귀신과 아이 귀신 이야기였어. 종종 가위눌린다고도 하고. 너… 진짜로 귀신 보는 거 맞아?"

"진짜입니다. 저희 집안이 무당 집안이라 제가 영향을 받은 건지… 어렸을 때부터 귀신을 봤습니다."

"나는 솔직히 이런 경험이 처음이라, 아직도 네 말을 믿어야 할지 말아야 할지 모르겠거든? 그럼 다른 거, 뭐 믿을 만한 이야기해 줄 거 없어?"

"그럼… 담배 한대 피우시겠습니까?"

당시 우리 건물은 3층이었고… 담배를 피우기 위해 흡연장이 있는 1층으로 내려가기 시작했다. 그러더니 2층에서 1층으로 내려가는 계단 사이에서 갑자기 멈춰선 신병이 이러는 것이다.

"어! 귀신이다…!"

"어디?"

"저 아저씨 뒤에 있습니다."

앞에 있던 사람은 그냥 아저씨라고 부르는 다른 중대 사람이었다. 이어서 신병이 소리쳤다.

"어…! 어어!"

그 아저씨가 갑자기 계단에서 우당탕 굴러떨어졌다. 크게 한바탕 우당탕 소리가 난 뒤 아파서 끅끅 대는 그 아저씨를 다른 부대원들이 같이 달려와서 의무대로 데리고 갔다.

놀란 내가 물었다.

"뭐야? 이거 무슨 상황인데?"

"방금 그 귀신이… 저 아저씨를 뒤에서 밀었습니다…."

너무 소름이 돋았다.

앞서 말한 두 이야기 모두 내 두 눈으로 똑똑히 목격을 것이고, 마지막 이야기는 벌건 대낮에 목격한 것이다 보니 그때부터 나는 귀신의 존재를 믿지 않을 수가 없었다.

마트 야간근무 중 생긴 일

– 제보: i can do it 님 –

2년 전 당시 근무했던 직원과 관련된 사람들만 아는 이야기다. 사건 이후 뉴스 기사 하나 올라오지 않은 점을 보면 분명 누구도 알 수 없을 것이다.

나는 대형마트와 백화점이 엮여 있는 보안 팀에서 일을 했다. 보안팀 특성상 사건사고 경위서가 매일마다 갱신되면서 타 점포 관련 사항들도 알 수 있게 된다. 만약 어느 점포에서 사건사고가 있었다면 내가 있던 점포를 포함한 타 지점 모두 보안팀이 어떻게 대응을 할 것인지 근무계획까지 변동되곤 한다.

나의 직책은 팀장 바로 아래에 있는 관리자급이었다. 그날도 출근한 뒤 사건사고 경위서를 받았다.

"모 지점 화장실에서 자살자 발견됨."

그것을 확인한 나는 참담한 심정이 되었다.

"아… 또 일이 많이 힘들어지겠구나…."

아니나 다를까 내 예상은 그대로 맞아들어갔다. 그날 팀장에게 사건사고 경위서에 대한 이야기를 들었는데, 사건은 대략 이러한 내용이었다.

해당 지점에서 오픈하기 전인 오전에 환경팀이 청소를 하는데, 이상하게 화장실에 변기칸 문이 잠겨 있었다. 보통은 변기칸 문이 고장나 있을 때만 수리를 위해 잠가놓는 경우가 대부분이다. 그러니 잠겨 있다면 수리 중 팻말이 붙어있는 게 보통인데, 아무 표시 없이 문만 잠겨 있었다. 직원 중 누군가 사용 중인 건지 확인하려고 노크를 했지만 아무 답이 없었다. 수상함을 느낀 환경팀에서 보안팀으로 연결하여 확인을 해달라고 요청했다.

도착한 보안팀이 잠금장치를 풀고 문을 열었다. 그 안에는 한 남성이 목을 매단 채 숨져 있었다.

여기 모든 내용은 100% 실화임을 다시 한번 밝힌다.

내부에선 난리가 났다. 원래처럼 만약 보안팀이 전날 FM으로 근무를 했다면, 매장을 마지막까지 순찰하면서 모든 고객이 나간 것을 확인해야만 한다. 물론 화장실도 순찰 구역에 포함된다. 그런 일이 생겼다는 건 그들이 순찰 구역을 제대로 확인하지 않았다는 것이고, 그런 일이 있을 거라고 그들 또한 생각지 못했을 것이다. 내가 아는 바로는 당시 관련자 중 몇 사람이 이 일로 해고되었다.

이 일이 있고 나서 몇 개월 뒤⋯ 관리자급 직원들끼리 술자리가 있어 참석했다. 이런 저런 이야기가 오가다 몇 개월 전 자살사건에 대한 이야기가 나왔다. 보안팀 팀장급 직원들은 단톡방이 있어서 타 지점과 직접적인 커뮤니케이션이 가능했다. 그래서 우리 팀장과 그 쪽 팀장이 서로 대화를 하게 되었다.

사고 당일⋯ 팀장이 출근 후 야간조 직원들에게 들은 이야기는 다음과 같았다.

사건이 있었던 그 무렵⋯ 죽은 고객을 발견하기 전날 밤, 그곳에는 두 명의 야간 보안직원이 있었다. 사수와 부사수 1개조로 야간 근무를 섰다.

부사수가 매장에서 야간순찰을 돌고 있을 때였다. 전체 조명이 다 꺼진 채 손전등 불빛에 의존해 순찰을 돌고 있는데, 어디선가 바스락바스락 하는 소리가 들려 그 쪽으로 향했고, 거기서 사람의 그림자를 목격했다. 불이 다 꺼진 매장을 순찰하는 일은 생각보다 무서운 일이다. 비상등 불빛을 제외한 모든 조명이 나간 고요한 그곳에서는 작은 소리에도 귀 기울이게 되고 신경 또한 예민해진다. 그런 상황에서 사람 그림자가 보이니 순찰자는 덜컥 겁을 먹었다. 그래서 순찰자는 호신용품을 빼들고 다가가며, 사무실에 있는 사수에게 무전을 보냈다.

"그림자가 보이는 것 같은데요. 고객일 수도 있으니 확인하겠습니다."

"그래, 카메라로 봐줄 테니까 이동해봐."

그러나 사수가 카메라로 확인해볼 땐 아무것도 보이지 않았다.

"아무것도 없는데?"

"아닙니다. 지금 보이고 있습니다."

순찰자는 계속 소리내어 불렀다.

"계십니까? 누구 계세요?"

하지만 가까이로 이동하는 동안 그림자가 사라졌다. 아니, 사라졌다기보다는 이동을 하더란다. 그래서 순간 절도자인가 하는 생각이 들었다.

"무단 침입자인 것 같습니다. 카메라로 같이 확인해주십시오."

그런데 이번에는 카메라를 확인한 사수 또한 그림자를 목격했다. 그림자의 이동을 포착한 사수는 그림자가 포착된 카메라 위치를 말해주며 가보라고 지시했다. 순찰자는 해당 카메라 방향으로 다가가자, 그림자는 다시 한번 사라졌다.

거의 한 시간 가까이 수색을 하다가 도저히 안 되겠어서 연계되어 있는 보안업체 쪽으로 연락했다. 이후 보안업체 담당자가 도착해 함께 순찰 겸 수색을 돌았다. 그럼에도 결국 그림자를 찾지 못했다. 잘못 본 것으로 마무리 후 보안업체 직원은 돌아갔다.

이제 다시 근무자 두 사람만 사무실에 남아있게 되었다.

사무실에서는 야간에 활성화되는 감지기를 관찰할 수 있다. 센서 반경 안에서 움직임이 감지가 되면 해당하는 구역에 카메라가 비춰지면서 화면을 띄운다.

사무실에 둘만 남아있던 상황에서, 갑자기 감지기가 울리는 소리와 함께 화면이 켜졌다. 그런데 이해할 수 없는 점은 구역번호를 따라 순서대로 쭉 화면이 들어왔다.

1층… 2층… 3층… 계속 순차적으로 불이 들어오니 처음에는 고장이라고 생각했다.

"뭐야…. 고장인가?"

설치된 기계들은 보안업체 장비여서 다시 한번 보안업체로 문의전화를 걸었다. 보안업체 담당자는 곧바로 이동하겠다고 답했다. 그렇게 보안업체 담당자가 나와서 확인을 했지만 기계에는 아무 이상이 없다는 대답뿐이었다.

하지만 근무자 두 명은 계속 항의했다.

"아무리 생각해도 말이 안 되잖아요…. 지금까지 근무하면서 이런 상황은 처음이에요. 1, 2, 3층이 어떻게 모두 일시적 오작동이 일어날 수 있어요?"

의문을 제기했으나 고장, 에러코드 모두 이상이 없다는 대답이 돌아올 뿐이었다. 확인을 마친 보안업체 직원은 그렇게 돌아갔다.

다시 한번 근무자 두 사람만 남았다. 근무를 하다가 사수는 잠시 눈을 붙였고, 배가 아파진 부사수가 잠깐 화장실을 다녀온다고 자리를 비웠다. 그리고 그 사이 사수가 잠에서 깼고 부사수가 없는 상황에 무서움을 느껴 어디 갔느냐며 무전을 쳤다. 하지만 무전은 묵묵부답에 개인 휴대폰으로 전화를 해보았는데도 받지 않았다.

사수는 카메라를 돌려보다 부사수가 화장실로 들어가는 장면을 확인했다. 그래서 부사수를 찾으러 화장실로 향했다. 그리고 닫혀 있는 화장실 칸으로 가서 노크하며 물었다.

"야…. 너 거기 있나?"

안에서는 아무 대답이 없었다. 그래서 문을 강제로 따고 보니 부사수가 변기에 앉아 자고 있더라는 것이다.

"야! 너 여기서 뭐해!"

화가 난 사수는 소리를 치며 녀석을 깨웠다. 깨어난 부사수는 자신이 화장실에서 잠든 사실을 전혀 기억하지 못했다. 볼일을 보던 중 눈을 감았다 떴을 뿐인데, 사수가 자기 앞에 서있더라는 말이었다. 사수는 어처구니가 없었다.

"야…. 정 졸리면 나한테 말하고 사무실에서 잠깐 눈 붙이면 되지, 화장실에서 몰래 숨어서 잘 짬이야, 네가?"

욕을 한 바가지 퍼부은 사수는 부사수와 함께 다시 사무실로 복귀했다.

그리고 얼마 후… 감지기가 울리면서 다시 한번 아까처럼 1~3층 화면이 저절로 켜졌다. 두 번이나 이러는 건 틀림없는 고장이라고 판단해 보안업체에 다시 연락했다. 또 담당자가 나와 점검했으나 역시나 아무 이상이 없다고 하고 돌아갔다.

근무자 두 사람에게는 너무 이상한 밤이었다. 서서히 아침이 밝아왔고, 팀장과 직원들이 출근하자 사수는 곧장 어제 일들을 보고했다. 사수는 있었던 사실에 더해 이상하게 근무하는 내내 소름이 돋고 무서웠다며 혹시 몰라 보고를 드린다며 보고를 마쳤다.

하지만 팀장은 대수롭지 않게 여길 뿐이었다.

"야간 일 하면서 피곤하고 컨디션 안 좋으면 가끔 그럴 때도 있어. 고생 많았고…. 뭐, 다른 이상은 없었던 거지?"

다른 특이사항은 더 이상 없다며 보고를 마쳤다.

야간 근무자들은 환복을 하러 내려갔다. 그런데 바로 그때… 사건이 터졌다. 자살자를 발견했다며 보안팀장한테 무전이 온 것이다.

"여기 지금… 자살… 빨리 좀 와주세요!"

현장에 가보니 한 남자가 목을 매달아 죽어 있었다. 시신은 혀를 비정상적으로 길게 내빼고 있었으며 여기저기 분비물이 흘러 끔찍한 모습이었다고 한다.

이후 점장까지 점포로 부리나케 나와서 상황 파악을 시작했다. 야간 당직근무자 둘도 불려갔다. 연이어 경찰서와 소방서에서도 출동해 사고 현장은 통제되었다.

점장은 노발대발했다.

"아니… 대체 일을 어떤 식으로 했길래 여기서 자살하는 사람이 나옵니까!"

야간근무자 사수는 전날밤의 일을 점장에게 토로했다. 믿기 어려운 증언들이 이어지자 CCTV를 확인해보자며 같이 사무실로 향했다. 그러고는 자리에 있던 모두가 할 말을 잃었다.

녹화 화면에는 근무자들 말처럼 그림자가 있었다. 분명 사람처럼 움직이는 그림자였다. 화면상 사람이 보일 수 있는 위치는 아니었다.

그림자가 자살한 사람이 이동하며 생긴 그림자인지, 아니면 귀신과 같은 또 다른 어떤 존재였는지… 그것은 아무도 알지 못했다.

해당 점포의 마감시간은 10시에서 10시 30분인데, 자살자의 사망 추정시간은 11시였다. CCTV에 사람의 그림자가 찍힌 것은 새벽 2~3시쯤으로 늦은 새벽이었다.

믿기 힘든 야간근무자들의 이야기를 들은 우리 팀장님에게 사고점포 보안팀장이 영상 하나를 보여줬다.
"팀장님…. 이거… 이 그림자 이거…. 이게 뭘까요?"
그건 사건 당일의 CCTV 영상이었다. 그가 한 이 모든 믿기 힘든 이야기가 절대 지어낸 게 아님을 확인할 수 있는 영상이었다. 물론 이야기를 전하는 나 또한 그 영상을 봤다.
이 사건 이후 해당점포의 새벽 순찰자들이 무서워서 순찰을 못 돌겠다고 하소연했다.
"팀장님…. 밤마다 이상한 소리가 들려요…."
고요한 새벽, 매장 내에서는 작은 소리도 크게 들릴 수밖에 없다. 순찰자들 외에는 있을 사람이 없으니 소리가 나지 않는 게 정상이다. 하지만 어찌된 일인지 그 사건 이후로 유독 사부작거리는 소리에 순찰자들이 공포에 떨었다. 심지어 야간 근무자들이 주간 근무로 교체를 요청하는 일도 있었다.

나는 너무나 궁금했다. 화장실로 자살자가 들어가는 장면은 CCTV에 담기지 않았는지….
폐점하기 20분 전쯤 한 남자가 매장으로 들어오는 것이 확인되었다. 화장실 방향으로 이동하는 것이 정확히 찍혀 있었다.

그렇다면 매장 안을 돌아다니던 그림자는 무엇이었을까? 순찰 직전 화장실에서 이미 목숨을 거둔 자살자의 혼령이었던 걸까? 사실 그렇게밖에 해석할 길이 없을 뿐이다.

보안팀, 환경팀 또는 누구라도 전날 화장실 쪽 순찰을 제대로 했더라면 사실 막을 수 있던 사고이지 않았을까? 자살하려던 사람을 막았더라면 그는 죽지 않고 다시 살 생각을 했을까? 아니면 다른 곳에서 다시 죽을 시도를 했을까?

죽은 자는 그림자로 남아 무슨 말을 하고 싶었던 걸까?

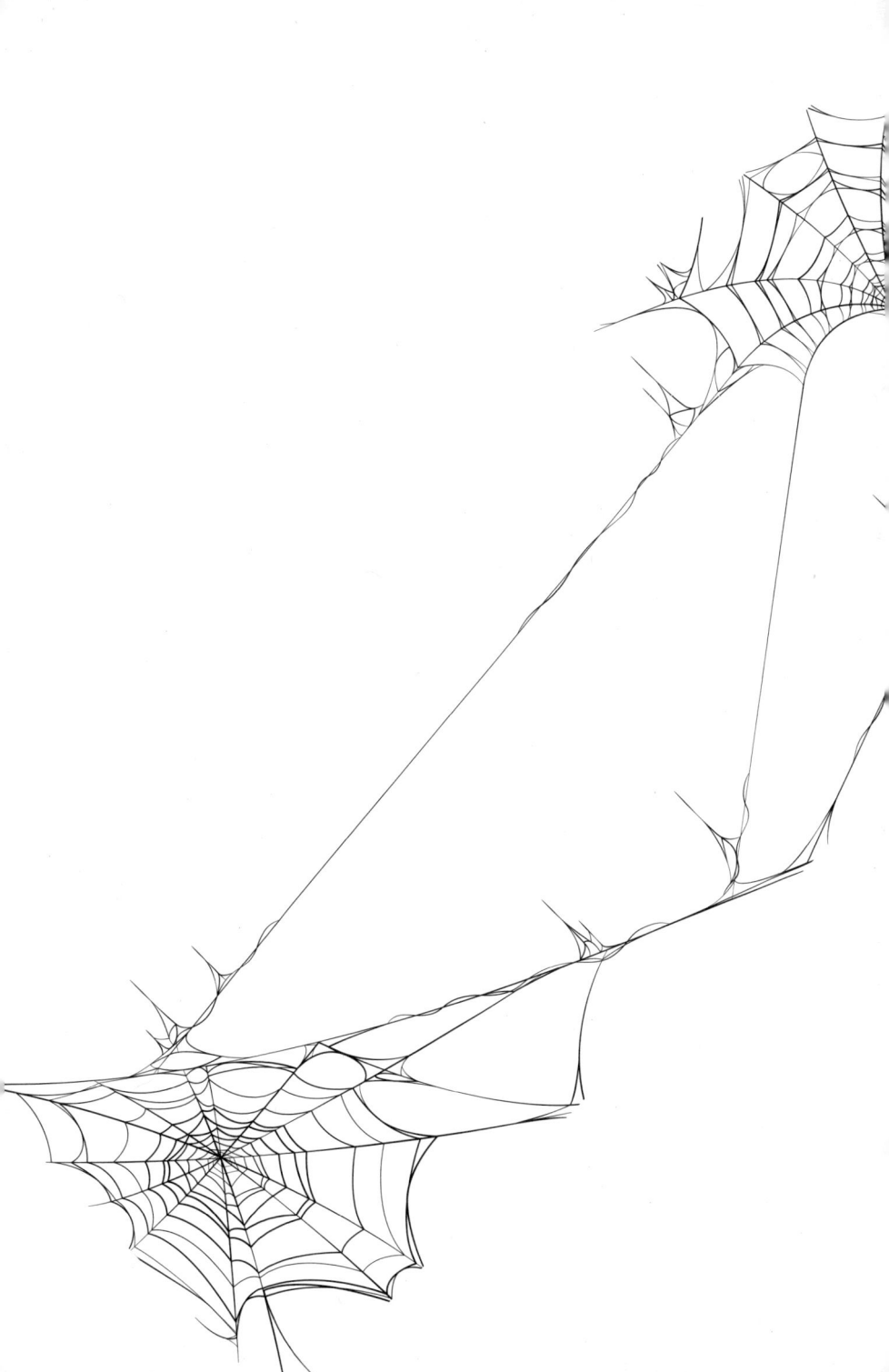

친구 집 다락방

밤나무숲의 별장

밤낚시의 소름 돋는 추억

배달 알바 중 만난 수상한 손님

불타오른 집

춤추는 귀신

3장

친구 집 다락방

– 제보: 떡보 님 –

나에게는 정말 소중하게 여기는 친구가 한 명 있다. 그 친구는 굉장히 독실한 기독교 신자고, 우리 집안은 독실한 불교 집안이다. 우리 이모는 무당이고, 나는 어린 시절에 엄마와 함께 이모의 일을 거들곤 했다.

기독교 신자는 귀신, 미신 같은 건 믿지 않는 게 보통이다. 하지만 이 친구는 어린 시절부터 30년이나 된 친구라 나를 많이 믿어주었다. 그래서 촉이 좋은 내가 평소에 뭔가 안 좋은 기운을 느낄 때마다 친구에게 귀띔해주기도 했다.

2019년 어느 날이었다.

친구네 가족은 네 식구다. 가족이 경기도 성남으로 이사를 하게 되었다. 그래서 이사하는 날 자기네 집에 한번 와달라고 부탁을 해 왔다. 분위기나 기운 같은 걸 봐달라는 말이었다. 어려운 부탁은 아니니 알았다며 약속을 잡았다. 이사 당일엔 이삿짐 나르는 것도 좀 도와줄 겸 해서 친구네 집으로 조금 더 일찍 방문했다.

친구네 가족이 이사한 곳은 3층짜리 빌라 건물의 2층이었다. 친구네 집에 들어가는 현관문 바로 옆엔 다른 방이 조그마한 창고 형태로 하나 있었다. 친구 말로는 여기도 세를 따로 세를 놓는 방인데, 집주인이 10만 원 추가하는 것으로 그곳까지 통째로 월세를 줬다고 했다. 아이들 있는 집이다 보니 짐 놓을 공간으로 딱 좋았다. 게다가 한 칸짜리 방이지만 부엌도 있다 보니 친구도 곧바로 계약했다고 한다. 손님방으로도 제격이긴 했다. 아무튼 그날 이삿짐 옮기는 걸 도와주고 나 혼자 그 작은 방에서 잠시 쉬었다.

"와… 왜 이렇게 냉골이야?"

분명 한여름이었음에도 불구하고 오싹한 정도를 넘어서서 아주 차가운 냉기가 바닥에서부터 방 안을 감싸고 있었다. 거의 냉장고 문을 열었을 때 퍼져오는 한기 같은 느낌이었다.

그래서 난 곧장 친구한테 가서 물었다

"네가 여기서 잘 건 아니지?"

"어! 잠은 안방에서 자야지~."

"그렇지? 여기 냉기가 너무 심하니까 그냥 창고로만 써."

그리고는 다시 밖으로 나가려는데, 무언가… 벽 쪽에서 낯선 시선 같은 게 느껴졌다.

이게 바로 내가 느끼는 그 촉이었다. 영가들의 눈빛이 느껴지는 경우 어린 영가와 나이 든 영가의 시선은 분명히 다른 느낌이다. 내가 그 방에서 느낀 것은… 방 안에서는 나이 드신 분이 쳐다보는 시선이 내 뒤통수로 꽂히는 느낌이었다. 그래서 집 안을 유심히 살피던 중… 어느 벽면에 천장과 벽 사이 공간이 눈에 들어왔다. 옛날 집 살았던 사람들은 다 알 텐데, 다락방은 아니고 조그만 '광'이라고 부르던 공간이 있다. 그게 그 방에 있었다. 친구한테 가서 물었다.

"너 저거 열어본 적 있어?"

"아니. 신경도 안 쓰고 있었는데? 어차피 창고로 쓸 방인데 저것도 창고로 쓰면 되지 않아?"

나는 친구에게 의자를 가져와서 열어보라고 했다.

그리고 그 '광'을 열었을 때… 지금도 그 생각을 하면 다시금 그때의 충격이 되살아난다.

거기 있는 건… '유골함'이었다. 유골함과 어느 할머니의 사진 그리고 상복이 개어져 있었다. 나와 친구와 친구의 와이프까지…

너무 놀라 다리에 힘이 풀려 쓰러질 뻔했다.

"이게 도대체 왜 있는거야? 너 집 볼 때 이런 거 확인 안 해 봤어?"

"그게… 내가 이런 게 있을 거라고 상상이라도 했겠어? 이 문 열어볼 생각도 못했다…."

광 문이 벽지색과 비슷해서 대충 보면 알아차리기 힘들 것 같기는 했다.

아무튼 이대로 놀라고 끝날 문제는 아니었다. 여기서 사셨던 분에게 연락을 취하라고 했다. 우리가 함부로 버릴 수도 처리할 수도 없는 노릇이니 부동산을 통해서든 집주인한테 연락을 하든 반드시 전에 살던 사람과 연락을 하라고 했다.

그리고 다음 날.

친구는 부동산업자와 집주인한테 연락을 했는데, 전에 살던 사람이 연락두절이라는 말뿐이었다. 전화도 받지 않고 문자에 답도 하지 않는다는 것이었다. 그러다 보니 유골함을 어떻게 할 방법이 없었다. 그렇다고 방에 놔둘 수도 없는 노릇이었다.

그래서 이모한테 도움을 청하기로 했다. 친구에게는 일반인이 함부로 처리해서도, 만져서도 안 되니 그대로 놔두고 절대 그 방에 들어가지 말라고 신신당부를 했다.

"그 문 잠가놓고 우리 이모 올 때까지 절대 들어가지 마! 알았지?"

"어… 알았어…."

이모가 바로 올 수 있는 상황은 아니었기 때문에 친구는 2, 3일 정도 기다려야만 했다.

그 사이 친구는 평소처럼 생활했다. 아침에 출근하고 저녁에 퇴근해서 돌아오면 6시쯤 되는데, 와이프는 애들을 보다가 친구가 늦으면 먼저 자곤 했다. 그런데 퇴근하고 돌아올 때면 빈 창고방에서 자꾸 그릇이 달그락거리는 소리가 들려왔다. 마치 설거지하는 소리처럼 1, 2분 간격으로 매일 밤 들려왔다. 친구는 기독교 신자이다 보니 문 앞에 십자가와 성경책도 가져다놓고 손잡이에 십자가 목걸이도 걸어놨는데… 아무 소용이 없었다.

그렇게 며칠이 지나고 이모랑 함께 그 집에 방문했다. 다행히 이모가 그 유골함을 거두어주셨다. 하지만 이모는 친구 부부에게 경고를 남겼다.

"여기 할머니 영가가 있거든? 화가 잔뜩 나셨어. 너라면 안 그러겠어? 자식이 부모를 버리고, 지금은 전혀 모르는 사람이 거두고 있으니…."

이러시면서 무당인 이모조차도 이 할머니를 도저히 누를 수가 없다고 하셨다. 이사 가는 것 말고는 아무 방법이 없다며 여기에 계속 살면 분명히 화를 입을 상황만 생길 거라고 하셨다.

"더 큰일 벌어지기 전에 빨리 이사갈 곳 알아봐!"

친구는 난처했다. 이사 온 지 일주일밖에 안 됐는데 바로 나가는 건 쉽지 않은 일이다. 또 그걸 바로 받아줄 집주인이 어디 있겠는가…. 사정을 알고 이모가 부적을 써서 문에 붙여주고 비방까지 해줬지만, 이게 모든 걸 막아주지는 못할 것 같다고 하셨다. 상황이 상황인 만큼 일단은 두고 보자고 하셨다.

그리고 그날 이후 서로 각자의 생활에 바빠 연락하지 않고 지내다가, 거의 두 달 만에 문득 친구 생각이 나서 연락을 했다.

나는 수화기를 들고 무언가에 이끌리듯, 안부가 아닌 이 말부터 튀어나왔다.

"너 돈 필요하지?"

"…"

친구는 아무 대답이 없었다.

"사실대로 말해봐. 너 돈 필요하지?"

그제서야 입을 뗀 친구는 자기가 한달 넘게 고민했다면서 머뭇거리길래 똑바로 말해보라고 하니… 이 집에서 도저히 못 살겠다는 것이다.

매일밤 달그락거리는 소리도 그렇고, 뭔가 좋지 않은 영향이 와이프와 가족들 전체한테 물 드는 것 같다고 토로했다. 애들 성격도 그렇고 부부간에도 누군가 이간질시키는 것처럼 계속해서 별것도 아닌 걸로 싸움이 나더란다. 그 두 달 사이에 화목했던 가정이 와르르 무너지는 느낌을 받았다고 했다.

게다가 이사를 결심하고 나서 그나마도 모아뒀던 돈을 아주 가까운 지인한테 사기를 당했다. 그것도 3000만 원씩이나….

엎친 데 덮친 격으로 와이프는 바로 며칠 전 갑작스럽게 암 진단을 받았다. 이 모든 게 단 두 달 사이에 일어난 일이었다.

나는 친구가 필요한 만큼이라면 얼마든지 돈을 빌려주겠다고 했으나, 지금 당장 갈 곳이 마땅치 않다고 했다. 난 종교를 배척하는 사람은 아니기 때문에 친구에게 이야기했다.

"지금은 네가 믿는 신에게 도움을 구해야 하지 않겠어? 네가 다니는 교회 목사님한테 말씀드려 보는 건 어때?"

친구는 내 말을 믿고 따랐다. 다행히도 친구가 다니던 교회 목사님께 도움을 받을 수 있었다. 교회 건물에 있는 주거가 가능한 남는 방이 있었다. 목사님은 그곳을 선뜻 친구를 위해 내어주셨다. 그곳으로 거처를 옮긴 뒤 나도 목사님을 뵙고 이런저런 이야기를 많이 나누었다.

"제 친구 잘 좀 부탁드리겠습니다. 저도 필요한 게 있다면 돕겠습니다."

거처를 옮긴 뒤 친구의 와이프는 암 치료도 차도가 좋아 빠르게 건강을 되찾았으며, 언제 그랬냐는 듯 가정의 화목도 돌아왔다.

밤나무숲의 별장

– 제보: 떡보 님 –

현재 내가 살고 있는 곳은 역사가 깊은 동네다. 경기도 광주 외곽에 있는 동네로, 지금은 내 나이가 40대 초반이지만 어렸을 때만 해도 여기에 미군들이 굉장히 많이 주둔하고 있었다. 원래는 나보다 한참 윗세대분들의 이야기지만, 미군이 많아서인지 내가 어릴 때도 "기브 미 쪼꼬렛!(Give me chocolate!)" 하고 초콜릿을 얻어먹는 일이 있었다. 차를 타고 가는 미군들은 그 말을 듣고 따라오는 어린아이들한테 초콜릿이나 캔에 든 콩 같은 걸 나눠주곤 했다. 그만큼 이 동네가 당시엔 시골이었다.

아무튼 내가 살던 그 동네에서 윗마을 산을 한 30분 정도 걸어 올라가면 산꼭대기에 수도원이 있었다. 그 중간쯤에 별장이 두 채

있는데, 마을 유지인 부자 부부가 자가로 소유해 살고 계셨다. 그리고 그 별장들 가장 아래 쪽으로 또 다른 별채가 하나 있었다. 그 별채 주변으로는 밤나무가 굉장히 많았다. 게다가 열리는 밤 알맹이들도 워낙 크다 보니 애들이든 어른들이든 밤을 줍기 위해 그 근처에 올라가곤 했다. 그 주변엔 주택도 없었고, 아직도 정확히 기억이 나는 게 마을에서는 구경도 못 해봤던 농구 골대가 그 별채에 설치되어 있었다. 그곳 부지가 워낙 넓기도 했다.

아무튼 사건 당시, 난 초등학교 3학년이었다. 한두 살 많은 형과 어린 동생들 모두 다 초등학생들이었다. 그날은 여름방학을 맞아서 친구들과 함께 밤을 주우러 그곳에 향했다. 해가 지기 전이었는데 여름은 해가 길다보니 한 6~7시쯤에도 날이 밝아 밤을 주웠다.

점점 해가 저물고 어두워지기 시작했을 때, 형들 중 하나가 소리쳤다.

"이제 내려가자!"

그때 나는 무심코 별장이 있는 쪽으로 고개를 돌렸다. 그곳에서 하얀색 소복이 보였다. 눈이 부실 정도로 하얀 소복을 입은 여자, 머리카락이 아주 새카맣게 길었다. 그리고 그 사람은 별장 앞으로 미끄러지듯 바람처럼 너무나도 가볍게 산길을 올라갔다.

"뭐야? 누구지?"

나는 뭘 잘못 봤나 싶어 다시 내려가는 길을 확인하고 별장 쪽을 지나갔다. 그와 동시에 무슨 소리가 들렸다. 그 소리는 여자가 흐느끼며 우는 소리였다.

"어흑흑…. 흐으… 흑흑…."

그리고 그 순간 거기 있던 아이들이 전부 동시에 그쪽으로 고개를 돌렸다. 내가 잘못 본 게 아니었다. 그 여자를 나만 본 것도 아니었다. 우리들 모두 소리를 지르면서 뜀박질하며 내달렸다.

그 어린아이들이 등산화 같은 걸 신었을 리는 만무하고, 대충 슬리퍼 같은 걸 신고 올라갔으니, 이리 구르고 저리 구르며 정신없이 뛰어내려갔다. 당시 나는 양쪽 슬리퍼가 다 벗겨져서 양발에 밤송이 가시가 수백 개는 박혔던 것 같다. 살짝 박힌 정도가 아니라 혈관과 근육을 파고 들어가서 집에서 제거할 수 있는 정도가 아니었다.

그때 생긴 상처 때문에 걷기도 힘들 정도였다. 난 병원에서 거의 3개월 정도를 치료해야 했다.

"너 도대체 뭘 했길래 발이 이 모양이 됐어!"

엄마에게 크게 혼이 났고 어딜 갔다 왔냐는 묻는 물음에 울면서 이야기했다.

"애들이랑 윗마을 산에 밤 주우러 갔었어. 근데… 거기 산속에서 처녀 귀신 봤어…. 나만 본 게 아니라 애들 다 같이 봐서… 도망치다가 슬리퍼가 다 벗겨졌어."

나중에 알고 보니 그곳은 해질녘만 돼도 어른들조차 가지 않는 음침한 곳으로 소문이 자자한 곳이었다. 하지만 어렸던 우리들은 몰랐다. 어른들도 우리가 차마 해 질 때까지 그곳에 있을 거라 생각을 하지 못했다.

나는 이 동네에 초등학교 6학년까지 살았다. 나뿐만 아니라 그날 나와 함께 그곳에 같이 갔던 애들도 당연히 부모님에게 그 이야기를 했다. 이후 학교에서나 동네에서나 이 이야기가 너무 많이 퍼졌다. 아이들의 부모님들도 모두 한 동네에 사는 가까운 사이다. 그런데 아이가 귀신을 본 게 못내 신경 쓰인 우리 어머니께서는 내가 목격한 귀신 이야기를 무속인인 이모에게도 전하셨다. 그날 이후 내가 잠도 제대로 못 자고 불안해하니 혹시 안 좋은 영향을 받을지 걱정하셨던 모양이다.

이모는 어머니의 언니이고, 또 이 동네에서 태어나 훨씬 더 오래전부터 사신 분이다. 동네에 대해서는 훨씬 더 많이 알고 계셨다. 이모는 그 별장이 상당히 오래된 건물이고, 전쟁 때 미군이 주둔을 했기 때문에 내부에는 훨씬 더 이국적인 문화의 흔적들을 볼 수 있다고 하셨다. 그러면서 내가 보고 들은 귀신과 관련이 있는 이야기를 해주셨다.

그 별장에 들어가는 입구 주변에는 우물이 하나 있다. 어느 날 그곳에서 죽은 여자가 발견되었다고 한다. 미군들이 주둔하고 있던 시절… 몇몇 질 안 좋은 미군이 동네 처녀들을 범했는데, 미군들이 그 여자들을 죽여 유기했다는 말도 있고, 여자가 스스로 목숨을 끊었다는 말도 있다.

실제로 그런 일이 있은 뒤, 밤마다 그 별장 우물에서 여자의 머리가 둥둥 떠다닌다는 소문이 어른들 사이에도 떠돌았다.

사실과 소문이 뒤섞이며… 원한이 있는 귀신이 별장을 떠돌아다니니 해가 지면 그쪽에 발을 들이지 말라는 말을 어른들은 다 알고 있었다.

그리고 그 별장의 주인 부부도 그곳에 거주하는 동안 밤에는 거기에서 나오지를 못했다. 그들도 거기 사는 동안 그 여자의 흐느끼는 소리를 지속적으로 들어왔다는 것이다. 별장이 처분이 돼야 이사도 하는데, 그게 쉽지 않으니 처분될 때까지 머물면서 밤마다 그 여자 울음소리에 벌벌 떨었다.

한동안 서울에 살다가 최근 본가가 있는 동네로 다시 이사를 오면서, 그때 생각이 나서 다시 한번 그 별장에 가봤다. 어린 시절의 기억도 나고 문득 궁금해졌다.

별장에 들어가는 입구 쪽으로 큰 교회가 하나 생겼다. 별장 입구에는 철문을 잠가 아예 사람이 들어갈 수 없도록 막아놓았다.

가는 길이 뚝 끊어지게 된 것이니 이젠 소문을 확인할 방법이 없어졌다.

지금도 그곳에는 여자의 울음소리가 들리고 있을까?

밤낚시의 소름 돋는 추억

– 제보: 지리산곰탱이 님 –

때는 내가 중학교 다니던 시절, 겨울방학 때였다. 아버지는 야외활동을 매우 좋아하셨다. 낚시, 등산, 조기축구 등 몸으로 하는 활동을 그렇게나 즐기시니 지금까지도 잔병 하나 없으실 정도다. 그러던 어느 겨울날 아버지께서 빙어낚시를 가자고 하셨다.

"아들! 야간 빙어낚시 안 갈래?"

"빙어를 어떻게 밤에 잡아?"

"얼음 위에 텐트 치고 구멍 보면서 하는 거야!"

"얼음 위에 텐트를 칠 수가 있어요?"

"그럼! 어때! 갈래, 안 갈래?"

우리는 집에서 점심을 먹은 뒤 가지 않으시겠다는 어머니께 인사드리고 빙어 밤낚시를 하기 위해 아버지와 출발했다. 초등학생이던 동생까지 총 셋은 차를 타고 약 15분 거리의 어느 저수지에 도착했다. 그날은 날씨가 엄청 추워서 저수지에 도착하자마자 후회했다.

하지만 아버지는 얼음 위에 텐트를 비롯해서 두꺼운 바닥매트까지 깔아주셨다. 난로와 조명까지 설치하니 제법 아늑하고 춥지도 않았다. 텐트 안 얼음에 구멍을 내서 옹기종기 모여 아버지가 낚시하는 걸 구경했다.

아버지는 나와 동생에게 직접 해보라며 낚싯대를 건네주셨다. 열심히 빙어를 낚는데, 넣으면 나오고 넣으면 또 나오고… 신기할 정도로 계속 잡혔다. 아버지와 동생은 챙겨왔던 초장으로 살아있는 빙어를 잘도 씹어먹었다.

내가 빙어에 전혀 입을 대지 않자 아버지는 기름에 튀겨주셨다. 아직도 그 빙어 맛은 잊을 수가 없다.

그렇게 한참 낚시를 하면서 빙어를 먹다보니 뉘엇뉘엇 해가 저물어갔다. 이미 텐트 밖엔 어둠이 찾아왔다. 다른 낚시팀은 집에 갔는지, 얼음 위에는 우리 가족밖에 없었다.

그때였다.

"저기… 계십니까?"

텐트 밖에서 사부작거리는 소리에 이어 누군가가 우리를 부르는 소리가 들렸다. 아버지가 텐트 입구를 열어 고개를 내밀었더니 한 50대 전후로 보이는 중년의 어른 한 분이 서 계셨다. 나는 처음 보는 아저씨였지만, 아버지는 그분과 구면인 듯했다.

"아이고… 어쩐 일이십니까! 오랜만이네요."

아버지는 반갑게 인사를 하셨다. 알고 보니 저수지 들어오면서 지나온 마을에서 장사를 하는 분이시라고 했다. 아저씨는 반가운 표정이었지만, 한편으론 걱정스러운 마음이 들었는지 아버지에게 이렇게 말했다.

"아이고… 내 누군가 했네, 하하. 그런데 밤중에 낚시는 무슨 낚시입니까…. 위험하니 얼른 들어가지요. 애들도 있는데…."

아버지는 염려 마시라면서 안전하게 있다가 아침에 들어가겠다고 말씀하셨다. 그 아저씨는 이내 돌아갔다.

우리는 그날 밤 얼큰한 라면을 끓여먹었다. 동생은 피곤했는지 이내 완전히 골아떨어졌다. 아버지도 1시간만 자고 일어나겠다며 주무셨다.

때는 아주 늦은 밤, 열두 시도 넘은 시간이었다.

잠이 오지 않던 나는 손전등을 집어들고 빙어 말고 다른 물고기가 다닐까 싶어 물밑을 구경하고 있었다.

그러던 그때.

"으악!"

보자마자 너무 놀라 비명부터 터져나왔다. 두 눈을 의심할 수밖에 없는 모습이었다.

얼음구멍 아래로… 사람이 흘러갔다.

그 구멍을 사이에 두고 나와 눈이 마주쳤다.

너무 놀라 아빠를 깨우려는데, 이미 내 외마디 비명에 놀라 일어나셨다. 나는 아버지에게 내가 물 밑에서 본 것을 설명했다.

"아… 아빠…. 물 밑에 사람이 있어!"

"무슨 소리야…."

"진짜야…. 아빠가 한번 봐!"

"있긴 뭐가 있어…. 아무것도 안 보이는데."

내가 가리킨 곳엔 이미 아무것도 없었다.

"여긴 꽝꽝 얼어서 뭐가 들어갈 수도 없을 뿐더러… 흐르는 물이 아니라서 그 찰나에 뭐가 지나갈 리가 없어. 네가 뭘 잘못 본 거겠지…."

"아니라고! 내가 분명히 봤다고!"

"어허! 얘가 왜 이래? 참…."

아버지는 그럴 일 없다고 하시면서 다시 잠에 드셨다.

나는 절대로 내가 잘못 봤다고는 생각하지 않는다. 나는 겁에 질려서 뜬눈으로 밤을 지새웠다.

그때부턴 바깥에서 나는 바람소리며 야생동물 소리인지 뭔지 모를 모든 소리들이 나를 겁먹게 만들었다. 자고 일어난다던 아버지도 야속하게 일어날 생각이 없어 보였다.

아침이 되어 아버지와 동생이 짐을 정리하는 동안 나는 아버지 차에 먼저 들어가서 눈을 붙였다. 이후 집으로 출발하는 차 안에서 잠깐 비몽사몽 간에 창밖을 보았다. 내가 진짜로 본 게 맞는지, 꿈인지 모르겠지만 아직까지 기억이 선명히 남아있는 것을 보면 진짜인 게 분명하다.

창밖에 두껍게 꽝꽝 얼어붙은 겨울 빙판과는 전혀 어울리지 않게 반팔티를 입은 아줌마가 우리 차를 멀뚱멀뚱 쳐다보고 있었다.

"안 추운가…?"

난 곧바로 잠이 들었다.

집에 돌아온 뒤 엄마가 차려준 밥을 먹고 곧바로 잠을 잤다. 그날은 자고 또 자고 계속 잠만 잤다. 그리고 시간은 흘러 그날 일은 잊은 채로 지내고 있었다.

그러던 그 해 여름… 아버지로부터 충격적인 이야기를 하나 전해 들었다.

지난 겨울… 우리가 낚시한 그 저수지에서 봄에 시신이 떠올다고 한다. 소름 돋는 사실은 그 시신의 정체였다.

우리가 빙어낚시를 하던 바로 그날 밤… 한밤중에 텐트를 찾아왔던 아저씨의 아내였다. 이유는 모르겠지만 부부 간에 큰 갈등이 있었고, 아저씨가 아내를 살해한 뒤 저수지에 유기한 것이었다.

아저씨는 불안한 마음에 그곳을 여러 번 오가며 마치 저수지 관리인처럼 사람들을 살핀 모양이었다.

그러다 날이 따뜻해진 어느 날… 시신이 떠오른 것이다.

당연히 용의선상에 남편인 그 아저씨가 용의자 1순위였다. 결국 아저씨의 범행도 드러났다. 동네 사람들 말로는, 아저씨가 여기저기 아내가 집을 나갔다고 떠들어댔던 모양이다. 심지어 자살로 위장하려고까지 계획을 했던 모양이었다. 아내의 신발까지 그 물가 부근에 놓아두었다.

그럼… 그날 밤 내가 본 것은 정말 그 아줌마의 시신이었던 걸까? 시신이라고 해도 말이 안 되는 게… 범행 당시 시신이 떠오르지 않도록 돌을 매달아 수장했다고 들었다. 시신은 바닥에 가라앉아 있을 텐데…. 어떻게 물 아래에서 그렇게도 눈을 또렷이 뜨고 지나갔을까?

이 모든 게 말이 안 되는 일이다. 귀신이 아니라면….

그 아주머니는 자신의 존재를 다른 사람에게 어떻게든 알리고자 그렇게 계속 모습을 드러냈던 게 아니었을까?

그때 일은 다 잊었다는 듯… 매년 겨울에 사람들이 그곳을 찾아 빙어낚시를 하고 있다.

배달 알바 중 만난 수상한 손님

– 제보: 이창혁 님 –

2006년, 벌써 15년 전 이야기다. 당시 나는 중국집에서 배달 아르바이트를 1년 정도 하고 있었다. 요즘에는 배달 대행 시스템이 잘 되어 있는데, 그 당시만 하더라도 각각의 중국집에는 배달 직원이 따로 있었다.

중국집 배달 일이 그렇게 이미지가 좋은 직업은 아니었지만, 시티백 오토바이를 타고 배달을 뛰면 비정규직치곤 나름대로 돈을 짭짤하게 벌 수 있는 직종이었다. 아무튼 배달 일을 하다보면 이 동네 저 동네 하루에 수십 군데씩이라도 배달을 가게 된다. 그리고 지금은 낯선 풍경이 되었지만 그 당시에는 철가방에 음식을 담아서 손님의 집 안까지 들어가서 현관에 음식을 내려주는 게 관례였

달까?

그러다 보니 어지간한 집들은 현관과 거실이 어떻게 생겼는지 대충은 알 수 있었다. 그리고 그 집 분위기가 어떤지도 알 것 같은 경우가 많았다. 현관 청소 상태라거나, 집 안에서 풍기는 담배 냄새 등….

배달 일을 열심히 하던 어느 겨울날이었다.

어느 한 연립에서 배달이 들어와서 짜장면 세 그릇, 탕수육, 그리고 서비스 군만두를 챙겨가지고 배달을 나섰다. 그리고 배달지에 도착해서 초인종을 눌렀고, 이내 밝은 목소리의 여성분께서 문을 열어주셨다. 그러곤 현관 신발장까지 들어가서 쪼그리고 앉아서 음식을 하나하나 내려주기 시작했다.

그런데 여성분들 중에는 종종 배달원들이 거실 쪽에 시선이 닿는 것을 불편해하시는 분들이 계신다. 그래서 나는 그냥 땅만 보고 음식을 내려주었다.

다만… 분명히 음식은 3, 4인분을 시켰는데 이 여성분 말고는 아무 인기척이 느껴지지 않았다. 그래서 혼자 먹든 누가 와서 같이 먹든 하겠지… 하고 별 대수롭지 않게 생각하고 가게로 돌아왔다.

당시 배달 아르바이트는 음식을 가져다주는 게 끝이 아니었다. 요즘 중국집들은 배달 갈 때 일회용 용기에 담아서 배달하는데, 당시에만 하더라도 배달 갔던 집에 다시 가서 그릇을 회수해와야만 했다. 그래서 나는 한참 여기저기 배달을 다니던 중에, 그릇을 회수하러 그 집으로 다시 향했다.

하지만 집 앞에는 다 먹은 짜장면 그릇 한 개와 아예 뜯지도 않은 짜장면, 탕수육, 군만두가 그대로 놓여있는 것이었다.

"뭐야…. 먹지도 않을 거면서 왜 시킨 거야? 아깝게시리…."

나는 그것들을 수거해서 다시 가게로 돌아갔다.

지금은 이런 일이 없겠지만, 당시 내가 일하던 중국집은 가게에서 손님들이 먹고 남긴 탕수육이 상태가 좋으면 사장님이 다시 튀기는 일이 빈번했다. 아무튼 그 집에서 남긴 것들은 가게에서 처리를 해야 하니 우선 회수를 해서 가져갔다. 그리고 사장님은 탕수육은 완전 새 거라며 따로 분류하셨다. 면이 불어버린 짜장면은 그냥 음식물 쓰레기로 처리했다.

배달 일을 하면서 진상이란 진상들은 참 많이 만났다. 별의별 꼴을 다 보다 보니 음식을 포장도 뜯지 않고 내놓는 건 사실 그닥 인상적인 일도 아니었다.

그리고 한 일주일 뒤… 배달 주문이 하나 들어왔다. 주소를 확인하고 출발할 때까지는 생각하지 못했는데, 초인종을 누른 뒤 음식을 받으러 문을 열어준 여자분을 보고 생각이 났다.

'아… 그때 그 집이구나….'

이번에도 다른 사람의 인기척이 전혀 느껴지지 않아서 의식적으로 거실 방향을 한번 쳐다봤다. 역시나 아무도 없었다. 굳이 사람도 없는데 왜 이렇게 많이 시키셨냐며 캐물을 건 아니었기에 음식만 내려주고 다시 나왔다.

그리고 나중에 다시 그릇을 회수하러 갔을 땐 이상한 느낌이 들었다.

"이 집 정말 희한하다…."

저번처럼 짜장면 그릇 하나만 비워져 있고, 나머지 음식들은 아예 건드리지도 않았던 것이다. 그때부터는 내 뇌리에 이 집에 대한 인상이 콕 박혔다.

그리고 한 1~2주 정도가 지나서 배달 주문이 들어왔다. 내가 주소를 확인하고 나서 사장님한테 이렇게 말씀드렸다.

"사장님, 지금 주문 온 거 그 집이에요! 음식 다 버리는 집!"

그랬더니 사장님께서 주방에 소리쳤다.

"짜장 셋, 탕수육 중자 하나! 그 집 군만두 빼!"

어차피 다 버리는 집이니까 서비스 군만두를 튀기지 말라는 말이었다.

음식이 다 나온 뒤 나는 음식을 챙겨 배달을 나갔다. 초인종을 누르자 이전처럼 그 여성분 혼자 문을 열어주셨다.

나는 음식을 차례차례 내려드리고 돈을 받아 챙기며 말했다.

"맛있게 드세요~."

그리고 나가려고 하는데… 그날은 여성분이 나에게 한 마디 말을 걸어왔다.

"오늘은 군만두가 없네요…."

당황스러웠던 나는… 마땅한 핑계가 생각나지 않아 일단 죄송하다고… 가게에 지금 군만두가 다 떨어졌다는 말도 안 되는 핑계를 늘어놓았다. 그러자 그 여자분이 혼잣말처럼 중얼거렸다.

"우리 애 아빠 군만두 엄청 좋아하는데…."

뭔가 소름이 끼쳤던 나는 다음에 꼭 가져다 드리겠다고 하고 서둘러 거기서 빠져나왔다.

나오는 길에 머릿속이 어지러웠다.

'아니… 군만두는 매번 뜯지도 않고 내놓고는 애아빠가 좋아한다고? 이게 무슨 소리야?'

그날도 그릇을 회수할 때는 음식이 그대로 버려져 있었다.

또 다시 몇 주 정도 지났을 때였다.

주문이 들어와서 배달지 주소를 확인하는데 또 그 연립이었다. 그래서 또 그 집인가 싶어서 자세히 보니 호수가 달랐다. 알고 보니 옆집이었다.

하여간 음식을 포장해서 배달을 출발했다. 그 옆집에는 한 60대 쯤으로 보이는 부부가 살고 있었다. 젊은 분들이면 그냥 음식만 내려주고 왔을 텐데, 점잖은 중년 부부의 푸근한 인상에 음식을 드리면서 여쭤봤다.

"제가 요 옆집에도 배달을 몇 번 갔는데, 매번 음식을 먹지도 않고 다 내놓으시더라고요. 혹시 옆집 뭐하는 집인지 아세요?"

그러자 갑자기 그 중년부부 중 아내분의 얼굴이 어두워졌다. 혹시나 옆집에서 들을까 손사래를 치시더니 아주 조용한 목소리로 이렇게 말씀하셨다.

"총각…. 그냥 모른 척해…. 저 집 안사람만 남고… 남편이랑 자식이 사고로 한 번에 다 죽었어…."

그럼 애 아빠가 군만두를 좋아한다고 했던 건….

그리고 한두 달쯤 뒤… 그 집으로 한 번 더 배달을 갔다. 하지만 정말 아무것도 모르는 척 음식만 내려주고 돌아왔다.

그러던 어느 하루는… 내게 사고가 났다. 배달 중 크게 넘어지는 바람에 잠깐 배달을 쉴 수밖에 없었다. 이후 어느 정도 몸을 추스르고 나서 돈이 필요했던 나는 딱 석 달 정도만 더 일하고 그만 둘 요량으로 사장님께 알바를 시켜달라고 말씀드렸다. 사장님은 그때 마침 배달 알바생이 영 불성실했던 모양이라, 그 사람을 자르고 나를 흔쾌히 불러주셨다. 그렇게 다시 배달을 시작하게 되었고, 한두 달쯤 지났을 때였다.

배달 주문이 들어왔는데 주소가 어렴풋이 낯이 익었다.

"아, 그 연립이구나!"

호수는 그 옆집 중년부부분들의 집이었다. 다시 배달을 시작하고 나서도 그 여자의 집에서는 주문이 없어서 거의 잊고 있었는데, 그 집이 다시 떠올랐다. 아무튼 그 중년 부부의 집으로 배달을 가서 음식을 내려주면서 자연스럽게 여쭤봤다.

"옆집은… 이사 갔나봐요? 요즘은 주문을 전혀 안 하시네요?"

그랬더니 중년 부부의 아내분이 이제는 더 조용히 말할 필요가 없다는 듯 편하게 말씀해주셨다.

"그 옆집 여자… 죽었어요…. 벌써 한 달도 더 됐지. 스스로 목을 맸어요…."

지금까지도 그때만큼 엄청나게 소름이 돋은 적은 단 한 번도 없었다. 이후 한 달 정도 더 배달을 하다가 일을 그만두었다. 이 일은 내 인생에서 가장 잊을 수 없는 사건이다.

불타오른 집

— 제보: 엄마의사랑 님 —

이 이야기는 우리 가족이 살던 한 아파트에 대한 이야기다.

내가 중학교 때까지는 충청도에 살았다. 아버지께선 내가 서울로 대학 가기를 간절히 원하셨다. 그래서 학군이 좋은 서울의 고등학교로 나를 보내길 원하셨다. 당시 아버지께서는 서울에 집을 알아보시는 한편, 하시던 가게도 서울로 이전할 준비를 하고 계셨다.

그러던 중 아버지는 지인의 추천에 법원 경매로 나온 집을 알아보셨다. 한동안 입찰하러 많이 다니셨는데, 그러던 중 운 좋게 한 아파트를 1회 유찰된 저렴한 가격에 낙찰받으셨다.

아버지는 기존 집주인과 권리관계를 정리하기 위해서 몇 번씩 서울에 왔다갔다 하셨던 걸로 기억이 난다. 그렇게 내가 모르는 복

잡한 과정들이 모두 정리된 후… 우리 가족은 충청도의 집과 가게를 정리하고 서울 강북에 있는 아파트로 이사를 왔다.

당시 이사를 들어간 집은 8층이었다. 서울살이를 시작하고 첫 1년 동안은 아무 일 없이 잘 지냈다.

하지만 사건은 내가 고등학교 2학년에 올라간 뒤에 시작되었다. 2학년이 되자 수업이 끝난 뒤 별도의 보충수업, 게다가 야간 자율학습까지 해야 했다. 그래서 집에 돌아오면 항상 피곤에 찌들어 있었다. 그럼에도 불구하고 책을 붙잡고 한두 시간 씨름하다 잠이 들곤 했다. 지금 생각하면 열심히 공부를 하는 느낌보다는, 수험생이 잔다는 것에 대한 죄책감에 마지못해 붙잡고 있었던 것 같기도 하다.

그러던 어느 하루, 아주 피곤한 상태에서 나도 모르게 잠이 들었다. 그리고 잊을 수 없는 꿈을 하나 꾸게 되었다. 그 꿈은 너무나도 생생해서 아직도 잊을 수가 없다.

나는 까만 연기 속에 갇혀 있었다.

"퀙퀙…. 여기가 어디지?"

매캐하고 캄캄했지만 알 수 있었다. 분명 우리 집이다. 연기 속을 해치며 두리번거리고 있는데… 그 순간 연기 너머로 누군가의 처절한 절규가 들렸다.

"끼야아아아악!"

그 순간 너무 놀라서 잠에서 깼다. 꿈이란 걸 곧바로 깨달았지만 그 비명만큼은 귓가에 계속 맴도는 듯 선명했다.

시계를 보니 학교 갈 준비를 해야 할 시간이다. 아주 짧은 찰나의 꿈이었지만 너무 생생해서 잠을 전혀 잠을 잤다는 느낌이 들지 않았다. 그날은 학교에 나가서도 계속 꾸벅꾸벅 졸고만 왔다.

그런데 생활리듬이 한 번 깨지고 나니 그날 밤 집에 돌아왔을 땐 어제보다 더 피곤해졌다. 귀가 후 잠깐만 쉬었다가 다시 책을 보려고 마음먹었지만, 나도 모르게 잠이 들었다.

난… 그날의 꿈 역시 너무나 선명하게 기억하고 있다.

어제에 이어서 또 한 번 꿈을 꾸었다. 꿈인 걸 인식한 건 내 손과 발이 타들어가는 뜨거움 때문이었다. 눈을 뜨자 어제처럼 매캐한 연기 속이었고 주변을 살피자 연기와 함께 집이 불타고 있었다. 그 어두운 와중에 뜨거운 느낌이 너무 생생해서 펄쩍펄쩍 뛰면서 현관을 찾으려고 하는데 도무지 찾지를 못했다. 그러다가 거실 방향에서 어제와 같은… 누군가가 절규하는 소리를 듣게 들었다. 그 매캐하고 짙은 연기 사이에서도 정확히 보였다.

어떤 아줌마가 형체를 알아볼 수 없을 만큼 다 타버린 얼굴로

땅을 치며 절규를 하고 있었다.

그러다가 문득 또 잠에서 깨어났다. 그때는 순간 진짜 불이 난 것으로 착각해 주변을 둘러봤다. 그 정도로 꿈은 엄청나게 생생했다. 손발이 뜨거운 느낌까지 생생했다.

나는 이 꿈에 대해서 큰 의미부여를 하지는 않았다. 단지 내가 피곤했을 뿐이라고만 생각했다. 이래서 수험생 수험생 하는구나 싶었다. 단순히 공부에 지쳤기 때문에 악몽을 꿨던 걸로 생각했다.

하지만 이 생생한 꿈은 며칠이나 계속되었다. 그리고 그때마다 뭔가 새로운 장면이 전개되는데, 마치 드라마처럼 장면이 진행되며 어떤 상황을 상기시키려는 것 같았다. 거의 일주일이나 이런 꿈을 꾸니 수면 패턴도 컨디션도 완전히 엉망이 되고 말았다.

그날은 일요일이었다. 보통 일요일엔 집에서 쉬더라도 TV를 보거나 가족과 외식을 하거나 했는데. 그날은 토요일 밤부터 일요일 오후 늦게까지 16시간을 넘게 내리 잠에 빠져 있었다.

그러다 저녁밥 먹을 시간이 다 되어서야 엄마가 깨워 겨우 일어났다. 부모님은 그런 나를 걱정하며 어디 아프냐고 물으셨다. 평일에는 고등학생인 나의 등하교 패턴과 자영업자인 부모님의 생활 패턴은 엇갈리는 경우가 많아서 대화를 나눌 시간이 부족했다. 그래서 그제야 내가 그간 꿨던 꿈에 대해서 부모님께 털어놓을 수 있었다.

그런데… 내 이야기를 듣던 아버지의 표정이 심각하게 굳어지는 것이었다. 그러곤 나에게 물으셨다.

"그거 정말이야? 이번이 처음이야? 정확히 언제부터 그랬어?"

아버지는 몇 가지 질문을 하셨다. 내 대답을 들은 아버지는 생각에 잠기신 듯 한동안 말씀이 없으셨다. 나는 아버지의 다양한 표정을 봐왔지만 그 정도로 놀란 표정은 생전 처음이었다.

그리고 다음 주 목요일…. 꿈은 여전히 계속되었다. 그리고 꿈은 진행되었다. 이제는 꿈을 넘어… 현실까지 이어졌다. 꿈속에서 느꼈던 증상들이 현실로 넘어와 내 몸의 증상으로 나타나고 있었다. 그날도 꿈을 꾸고 일어나서 학교에 갔는데, 알 수 없는 두통과 계속되는 구역질에 도저히 버티지 못하고 조퇴를 하고 집으로 돌아왔다.

그런데… 엘리베이터에서 내리자마자 낯선 소리가 들려왔다. 어디서 나는 소리인지 보니 우리 집이다.

'이 시간에는 집에 아무도 없어야 정상인데?'

나는 현관 비밀번호를 누르고 집에 들어갔다. 그런데… 거실에는 부모님이 계셨다. 갑자기 집에 들어온 날 보더니 화들짝 놀라셨다. 게다가 옆에는 웬 낯선 아주머니가 계셨다. 다름 아닌 무당이었다. 결론부터 말하자면 우리 집은… 불이 나서 사람이 죽었던 집이었다.

아버지가 이 집을 경매로 낙찰받으셨을 때, 기존에 살고 있는 사람은 집을 비워줘야 했다. 하지만 이 집을 나가서 다른 집을 얻을 돈이 없었는지, 그 사람은 최대한 안 나가고 버텼다고 한다. 하지만 아버지는 법적인 절차에 따라서 그 주인을 내보내려 강제집행을 했다. 그 사람은 나가면서 아버지에게 악담을 퍼부었다고 한다.

"당신 이 집 잘 모르는 모양인데… 여기 불 나서 사람 죽은 집이야! 내 돈 들여 고쳐 살았는데…. 어디 들어가서 잘 사나 한번 보자고!"

당시 아버지는 그 말을 크게 담아두진 않고, 그냥 나가는 마당에 헛소리를 지껄인 거라 생각하셨다. 그런데 문득 내가 말한 꿈 이야기를 듣고서 불현듯 그날의 일이 떠올랐던 것이다. 그리고 나서야 이게 그냥 넘어갈 일이 아니라는 걸 깨달으셨다고 한다. 그래서 수험생인 내가 모르도록 집을 한번 봐달라며 무당을 데려오셨다. 그런데 하필 내가 조퇴를 하면서 그 장면을 마주한 것이다.

무당은 집을 둘러보며 이렇게 말했다.

"이 집에서 1년간 아무 일 없이 살았다고요? 기적이라면 기적이네…. 보니까 그냥 불이 난 게 아니라 방화 같은데? 원한이 너무 세…. 굿을 한다고 완전히 해소될까 모르겠는데… 만에 하나를 생각해서 이사도 고려해보세요!"

하지만 아버지는 당장 학업이 중요한 나 때문에 이사를 할 수는 없는 노릇이었다. 날을 잡아 굿판을 벌였다. 다행히 굿을 하고 나서는 더 이상 그 꿈을 꾸지도 않았고, 매번 꿈과 현실의 경계에서 타들어가는 느낌도 사라졌다.

그런데 아버지는 이미 그 집에 정이 떨어지셨는지, 별안간 그 집을 팔고 우린 이사를 가게 되었다.

"아마… 여기 살던 전주인도 이 집의 기운을 못 이기고 빚더미에 앉은 게 아닐까?"

그리고 나중에 내가 대학교에 가고 나서 부모님은 당시 우리 집 이사를 하던 날, 아버지가 동네 마트에서 들은 이야기를 알려주셨다. 마트 아주머니께서 이렇게 말씀하셨다고 한다.

"그 집… 하여간…. 예전에 가족끼리 싸우다가 남편이 집에 불을 질렀다잖아요. 그래서 그 집 아줌마 거기서 죽고… 옆집에, 윗집까지 다 타고 난리도 아니었지…."

지금 생각해도 그 집에서 1년을 무사히 살았던 게 기적이라는 생각이 든다.

춤추는 귀신

- 제보: LAmeRI 님 -

4년 전, 나와 내 친구가 모 대학병원에 입원했을 때 실제로 목격한 이야기다.

어느 날 늦은 밤, 야근 후 피곤했던 나는 택시를 잡기 위해 대로변 인도 위에서 택시를 잡고 있었다. 그러던 중 멀리서 달려오던 택시가 나를 보고 인도 쪽으로 방향을 돌리기에, 택시에 탈 준비를 하려고 인도에서 한 발짝 내려갔다. 그런데 택시는 속도를 줄이지 않고 나를 그대로 들이받았다. 왼쪽 발목뼈가 부러지고 무릎 인대가 끊어지는 바람에 대학병원에서 수술을 받았다. 다행히 수술은 잘 끝났고, 나는 4인 병실에서 생활하게 되었다.

그날은 금요일로 기억이 난다.

나는 병실이 답답하기도 하고 또 하루 종일 휴대폰만 들여다보기도 지루해져서 친구에게 병문안을 오라고 졸랐다. 고등학교를 같이 나온 동네 친구였는데 흔쾌히 들르겠다 했고, 저녁 먹을 시간에 맞춰서 병원에 방문을 해줬다.

친구가 보쌈과 족발을 포장해온 덕분에 심심한 병원밥 대신 족발을 아주 맛있게 먹어치웠다. 이후 친구와 함께 바깥바람을 쐬고 들어왔다. 나는 입원실 침대에 눕고, 친구는 침대 아래에 보조 침대에 누웠다. 아무래도 병원밥을 먹을 때보다는 좀 과식을 해서 그런지 노곤노곤 졸음이 쏟아졌다.

그러다 어느 순간 나도 모르게 잠이 들었다. 중간에 잠깐씩 간호사분들이 들르셔서 깊게 잠들지 못하다가, 어느 순간 아주 깊게 잠에 빠져들었다.

그렇게 한참을 자다가 소변이 마려워 눈을 떴다. 휴대폰을 보니 시간은 새벽 4시가 넘어가고 있었다.

친구는 휴대폰을 하다 잠이 들었는지 손에 휴대폰을 쥔 채 잠들어 있었다. 나는 아직 다리가 불편한데다 친구가 침대 바로 아래에서 자고 있기에 친구를 깨웠다.

"야, 화장실 좀 같이 가줘!"

화들짝 일어난 친구의 부축으로 한 발짝 한 발짝 화장실로 이동했다. 병실 밖으로 나와서 화장실이 있는 왼쪽 방향으로 몸을 틀었을 즈음, 복도 저 멀찍이에서 낯선 여자가 한 명 보였다….

"뭐지?"

복도 중앙에는 간호사분들이 업무 보는 스테이션이 있었고 그 좌우로 병실이 쭉 뻗어있는 구조였다. 복도에는 각각 화장실이 하나씩 있었다. 그러니까 스테이션까지 가기 전 중간에 화장실이 있었다.

그 여자는 저 멀리… 반대쪽 복도의 어느 병실 앞에 서 있었다. 검은 한복? 원피스? 하여간 온통 검은 옷을 입고서 덩실덩실 춤을 추고 있는 것이다. 그 모습을 굳이 비유하자면 영화 '마더'에서 배우 김혜자 씨가 논 한가운데서 춤을 추는 장면이 나오는데, 넋을 잃고 누가 본다는 생각도 잊은 채 처연한 몸사위를 펼치는, 그런 모습이었다.

나는 옆에 있던 친구에게 물었다.

"저 아줌마 한밤중에 뭐하고 있냐? 미친 거 아니냐?"

그랬더니 친구는 피식 하며 비웃었다.

"저 정도면 노망이 나신 건가 보다. 이 시간에 술이라도 한잔한 건 아니실 테고…."

하지만 화장실이 먼저였던 우리는 별로 신경 쓰지 않고 화장실에 갔다. 화장실에서 나왔을 때는 그 여자가 보이지 않았다.

소름이 돋았던 건 그 다음 날이다.

아침에 우리 둘은 눈만 뜬 채 누워 있다가, 우연히 병실에 입원해 있던 다른 환자와 보호자의 대화를 의도치 않게 엿듣게 되었다.

"어머… 세상에…. 무슨 이런 일이 다 있어?"

"희안하네…. 무슨 의료사고… 그런 거 아니야?"

잘 들어보니 같은 층에서 환자가 죽은 모양이었다.

의문이 들었다. 왜냐하면 내가 입원한 층은 응급병동이나 중환자들이 있는 곳은 아니었기 때문이다. 하다 못해 상태가 안 좋은 환자였다면 진작 다른 병실로 옮겨졌을 텐데, 이해가 가지 않았다.

그런데 잠시 후 오지랖 넓은 아주머니들이 여기저기서 이야기를 듣고 오셨는지, 소문이 퍼지기 시작했다. 죽은 사람은 환자가 아니라 환자 보호자였다고 한다.

그런데 때마침 간호사분이 들어오셨다. 여기저기서 물어보자 어쩔 수 없이 하신 대답이 이랬다.

"소문 정말 빠르네요, 참…. 그분 심장문제로 돌아가셨어요."

새벽에 홀로 화장실에 들렀다가 갑작스럽게 증상이 나타나 돌아가셨다는 것이다.

그 이야기를 듣고 처음에는 별 생각이 없었다. 그러다 문득 머릿속을 스치는 게 있었다. 어젯밤 나와 친구가 봤던 덩실덩실 춤추던 여자였다.

"우리가 본 그거…. 혹시 죽은 그 사람 아니야?"

"그게 심장이 아파서 발작하던 장면이라고?"

"아니… 그 사람… 귀신 아니냐고…."

"…."

점심시간쯤 되어 친구는 집으로 돌아갔다.

홀로 남겨진 나는 병실에 있던 어르신들이 하는 이야기를 배경음 삼아 휴대폰을 하고 있었다…. 그리고 그때 오지랖 넓은 한 어르신께선 어제 몇 호 보호자가 죽었는지 정확히 말씀하셨다.

병실 호수를 듣고 나자 그 숫자가 뇌리에 박혔다.

그리고 그날 오후 화장실에 갈 때, 내가 입원한 병실 호수는 알고 있어도 어디가 몇 호인지까지는 꿰고 있지 않았기에 복도에 나와 거기가 어디인지 복도를 살폈다. 그런데….

어제 검은 옷을 입고 춤추던 그 여자가 서 있던 바로 그 병실이었다. 소름이 돋은 나는 간호사님이 오셨을 때 직접 물어보았다.

"혹시 어제 돌아가셨다는 분이 위아래로 검은 한복을 입고 있었어요?"

"음… 잘 모르겠지만… 그러시진 않았을 텐데요. 입원하셨던 분이면 환자복을 입으셨겠죠. 왜 그러세요?"

그렇다면 내가 본 건 누구였을까? 아니, 어떤 존재였을까?

그렇게 한동안 입원치료 퇴원을 했다. 시간이 지나며 그 일은 기억에서 점점 잊혀져 갔다.

그러던 어느 날.

그 무렵 회사에 경력직으로 새로 들어온 한 주임님과 부쩍 가까운 사이가 되었다. 직원들끼리 가진 회식자리는 2차까지 이어졌다. 그 주임님은 자기 집안 이야기를 꺼내셨다. 자기 할머니와 일부 친척들 중에 무당이 있다는 말이었다. 그러자 술자리의 주제가 관상이나 사주 등으로 흘러가다가 결국 그 종착점은 귀신 이야기가 되었다.

당시 나는 병원에서 경험한 일이 떠올라 슬며시 내 이야기를 꺼냈다. 내가 잘못 보고 착각을 한 것인지… 진짜 귀신을 본 것인지 알쏭달쏭했기 때문이다.

그런데 내 이야기를 들은 주임님은 딱 잘라 한마디했다.

"최 대리님이 본 사람… 사람 아니에요. 귀신 맞아요!"

주임님은 술을 한 잔 더 마시고 나서 말을 이었다.

"춤추는 귀신이 위험하다고 하는 이유가… 원초적인 감정만 남은 영가이기 때문이에요. 아마 데려갈 사람이 생겨 신나서 덩실덩실 춤췄을 거예요. 만약 거기가 중환자실이었으면 한 사람으로 안

끝났을 거예요. 아마 줄초상 났을걸요?"

 1년이나 지난 일이었지만 당시 내가 본 게 귀신이라고 생각하니, 그것도 누군가 귀신인 걸 확인해주니 온몸에 소름이 돋았다. 죽을 사람이 생겨 신나서 춤을 췄다고? 2차로 간 술집이 싸한 분위기로 가라앉았다.

 나중에 다른 이야기들을 읽어보며 알게된 것은 춤을 추고 있는 귀신은 악의가 강한 귀신이라 상당히 위험한 귀신 유형이라는 것이다. 내가 태어나서 처음 본 귀신이 그렇게나 위험한 귀신이었다니 닭살이 여러 번 돋아났다.

 당시 나와 함께 그 귀신을 목격한 친구가 떠올랐다. 오랜만에 친구에게 전화를 걸어봤다. 아마도… 친구의 반응이 아니었다면 또 시간이 그 귀신에 대한 기억을 희미하게 지웠을 것이다.

 "여보세요."
 "어, 밤중에 웬일이냐?"
 "나 충격적인 이야기를 하나 들었다!"
 "뭔데?"
 "그날 기억나? 나 병문안 왔던 날…."
 "응, 기억나지."
 "우리 회사 직원이 무당 집안이라고 하더라고. 그런데… 그 사람 죽었던 날 새벽에 우리가 본 거, 그거 귀신 맞대!"

"어? 우리가 본 거?"

"그 검은 옷 입고 춤추던 여자!"

"무슨 소리야? 춤추던 여자라니…."

"너 기억 안 나?"

"아니… 본 게 있어야 기억이 날 거 아니야. 너 취했구나?"

친구는 분명 퇴원 후 얼마 지나서까지도 우리가 귀신을 본 게 아니냐며 떠들었다. 그날 나만 귀신에 홀린 건지, 아니면 귀신이 친구의 기억을 지워버린 건지 알 수가 없었다.

그 친구는 아직도 그날 목격한 귀신에 대해 전혀 기억하지 못하고 있다.

방파제 구조담
폐장례식장
경기도 세컨하우스
소름끼치는 충고
폐가에서
낚시 금지 구역

4장

방파제 구조담

− 제보: Cheers my life 님 −

나의 외가댁 친척 형님이 겪은 이야기다. 무언가 먹고 있다면 잠시 멈추었으면 한다.

형님은 오랜 기간 소방관으로 근무해왔다. 소방관이 되기 전에는 명절마다 꼬박꼬박 만났는데, 소방관에 합격 후 근무를 시작하고 난 뒤로는 예전만큼 자주 볼 수 없었다.

그날은 가을 날씨로 바뀌던 추석 명절이었다. 정말 오랜만에 큰 외삼촌댁에 온 가족, 친척이 다 모였다. 그날 오랜만에 만난 친척 형이 해준 이야기가 아직까지도 너무나 선명하게 남아있다.

나는 집이 천안이기 때문에 명절에 할머니댁이나 삼촌댁에 놀러가면 밤에 종종 낚싯대를 던지기도 했고, 바닷가 근처를 산책하기도 했다. 그날도 늦은 밤까지 맛있는 음식을 먹고 밤바다 구경이나 갈까 했다. 그러자 형이 한마디했다.

"위험하니까 괜히 방파제 근처는 가지 마."

친척 어른들도 밝은 공원 쪽으로나 걷고 오라며 거드셨다.

이어서 친척 형님은 이야기 하나를 해주셨다.

형님의 근무지는 도심지가 아닌 해안가에 있었기에 화재 진화 외에도 해안가 근처에서 일어나는 사건사고 수습을 위해서 출동이 잦다고 했다. 실제로 방파제에서 일어나는 사고로 인한 출동도 많았다고 하며, 소방관 근무를 시작한 뒤 처음으로 트라우마가 생길 것 같았다는 사고에 대한 이야기였다.

방파제는 파도의 충격에서 항구를 보호하기 위해 '테트라포드'라는 콘크리트 구조물을 쌓아 만든다. 사람이 올라가서 낚시하라고 만든 구조물이 아니다. 테트라포드의 사이즈는 매우 큰데, 그걸 바닷물 밑에서부터 높게, 경우에 따라 10~20m 넘게 쌓아올린다. 그런 구조물이다 보니 테트라포드 사이에는 물이 일렁이는 바닥까지 뻥 뚫린 낭떠러지가 만들어진다. 애초에 사람을 위한 구조물이 아닌데, 올라가서 발을 헛디뎌 떨어지면 머리를 다쳐 즉사하는 경우도 있고, 골절 등으로 크게 다쳐 스스로 올라올 수 없는 상황에

처하기도 한다. 게다가 살려달라고 소리쳐도 파도 소리에 묻혀 목소리가 들릴 수가 없다. 그렇기에 과다출혈, 저체온증 등으로 사망하는 경우가 많다. 바닷물에 닿은 방파제 주변엔 따개비류도 많아서, 설령 구조가 되었다 해도 피부가 온전치 못한 경우가 많다.

하루는 친척 형이 근무하던 소방서로 구조요청이 들어왔다. 한 낚시꾼이 방파제 위에서 이동하며 낚시를 하던 중, 방파제 아래에 떨어진 사람을 발견했다. 놀란 낚시꾼은 아래로 내려갈 수 없으니 생사를 확인하기 위해 소리쳤다.

"저기요! 괜찮으세요? 제 말 들리시면 대답 좀 해보세요!"

그런데 떨어질 때 충격 때문에 의식을 잃은 것인지, 아니면 죽은 지 한참이 지난 건지 분간이 가지 않았다고 한다. 그래서 119에 곧장 신고를 하기에 이르렀다. 그 현장에 친척 형과 동료 분들이 출동을 하게 된 것이다.

소방관이 출동해 주변이 시끌시끌하니 낚시꾼들과 어촌 주민들이 몰려들었다. 그러나 안전장치를 착용하고 아래로 내려가 사고자를 끌어올리는 순간, 형을 비롯해서 주변에 있던 모든 사람들이 경악할 수밖에 없었다.

방파제에서 떨어진 그 남성은 이미 숨을 거둔 상태였다. 얼굴에는 아직 부패가 일어나지 않은 걸로 봐서 추락한 지 아주 오래된 것 같지는 않아 보였다. 그러나 구조대원들은 싸한 기분을 이미 느끼고 있었다.

남성을 끌어올리자, 가슴 아래로는 온통 뼈가 드러나 있었다. 물속에 들어간 가슴 아래의 살과 내장들은 이미 물고기 밥이 되고 만 것이다. 만약 그 낚시꾼이 발견하지 못했거나 더 깊은 곳까지 들어갔다면 아마 게들이 상체까지 다 먹어버렸을 거라고 했다.

친척 형이 이어서 말하길….

"그렇게 방파제가 위험하다고 안내문도 붙여놓고 방송에서 아무리 떠들어도, 신고는 꾸준하게 들어온다, 진짜…."

나 역시 방파제가 위험하다는 사실은 익히 알고 있었지만, 이런 구체적인 묘사를 들은 건 처음이었다. 처음으로 나가고 싶은 마음이 싹 사라졌다. 그리고 명절이라고 놀러 왔지만 왜인지 계속 소파에만 드러누워 있던 형의 마음도 조금 알 것 같았다.

궁금한 마음에 현장에서 다른 충격적인 장면들이 또 어떤 것이 있는지 물어봤다. 그러자 형은 뉴스에 나오는 사망사고의 대부분은 묘사가 힘들 정도로 끔찍한 것이 많다고 했다.

그중에서도 자신의 경력에서 손에 꼽는 끔찍한 장면들이 몇 가지 있는데, 일반인들은 이야기만으로도 트라우마가 올 수 있다면서 입을 닫았다. 친척들도 명절에 끔찍한 소리 그만하라며 화제를 바꿨다. 소방관들은 얼마나 끔찍한 걸 보고 사는 걸까 궁금한 한편, 그분들에 대한 존경심이 들었다.

폐장례식장

– 직접 경험 –

내가 겪었던 실제 이야기다.

나의 유튜브 채널은 평소에는 무서운 이야기를 해주는 라디오 형식이지만, 종종 괴담 속 현장을 찾아다니는 특집을 기획하기도 한다. 시기마다 다르긴 하지만, 2023년 한 해에는 해외부터 국내까지 여러 장소들을 돌아다니며 촬영을 했다. 그중 가장 기억에 남는 한 장소에서 겪었던 일이다. 후일담이라고나 할까?

전라도 소재의 어느 문 닫은 장례식장을 찾았다. 이미 몇몇 방송인들이 다녀갔던 곳으로 후발대인 입장이었지만… 그곳에 대해 나만큼 구체적인 증언을 들은 사람은 없을 거라 생각한다.

때는 2023년 6월, 이곳에서 촬영을 해보는게 어떻겠냐며 한 시청자가 주소를 보내줬는데, 바로 전라도에 위치한 폐장례식장이었다. 운영 중에는 하루에도 수많은 시신들이 오고 갔을 장소였을 것이다. 장례식장 바로 뒤로 상당히 넓은 공동묘지도 있었다.

폐장례식장의 주소를 입수한 뒤 라이브 방송 촬영을 위해서 부산에서부터 전라도까지 거의 3시간 넘게 운전을 해서 도착했다. 낮의 풍경은 어떤지 모르겠으나 이미 해가 진 그곳 앞에는 차량도 사람도 없었으며, 주변도 가로등 주변을 제외하곤 너무 어두웠다.

그러나 도착하자마자 난관에 부딪혔다. 장례식장으로 진입하는 진입로는 쇠사슬로 진입이 막혀 출입금지 표시가 보였다. 게다가 장례식장 주변으로 빨간 점처럼 보이는 불빛들이 보였다. 그렇다…. CCTV가 돌고 있었다.

방송 시작 10분 전이다. 보통은 진입이 가능한 구역인지, 불법은 아닌지 사전답사를 하는데, 이곳은 너무 멀고 개인 일정때문에 답사 없이 갔던 게 화근이었다.

나는 급하게 방송 매니저님들에게 문자를 보냈다.

"나 어떡하죠? 여기 출입 금지 구역 같은데…."

"진짜요? 어떡해…. 멀리까지 갔는데…."

"10분 남았는데…. 방송 켜고 다른 장소로 이동해야 하나…?"

그러던 중 그곳에서 관리업체로 보이는 한 전화번호를 발견했다. 상식적으로 그 전화번호가 맞는 번호라고 한들 공포방송을 진행자인데 안에서 촬영을 하고 싶다고 한들 분명 거절할 것이다.

"여기 전화번호가 있네요. 당연히 허락은 안 해주겠지만…."

"거기까지 고생해서 갔는데…. 밑져야 본전이니까 한번 전화라도 해보는 게 어때요?"

'그래…. 어차피 돌아갈 거라면 전화나 해보자….'

나는 그 전화번호로 전화를 걸었다. 다행히 누군가 전화를 받아 대답했다.

"여보세요?"

"안녕하십니까. 저는 코비엣TV라고 하는 유튜브 채널 운영자입니다."

"네? 무슨 일이시죠?"

"제가 여기저기 버려진 장소들 촬영도 하고 방송도 하는 사람인데요. 여기 장례식장을 소란 피우지 않고 조금 둘러만 보고 와도 될지 여쭤보려구요."

"장례식장이요? 혹시 어디 쪽이죠?"

"전라도 ×××입니다."

그 관리업체는 이곳 말고도 여러 곳을 위탁받아 관리하는 업체인 듯했다. 그런데 의외로… 바로 거절당할 거라 예상했던 내 생각과는 달리… 소란 피우지 말고 조심히 다녀오라며 촬영을 허락해주셨다. 나중에 영상을 업로드 하게 되면 링크 주소를 보내달라는 조건을 다셨다. 소득 없이 돌아갈 뻔한 나는 속으로 쾌재를 불렀다.

"암요암요~. 당연히 그래야죠!"

그분은 절차상 필요한 사항들, 내가 유의해야 하는 사항들을 정확하게 알려주셨다.

"안에 들어가시면… 사람들이 난장판을 쳐서 깨진 유리 같은 게 많아요. 진짜 조심하셔야 하고… 만약에 다치셔도 저희가 책임져 드리지는 못합니다. 이 점 명심하시고요…"

그러고는… 개인적인 이야기인 듯 조심스럽게 그분이 한 마디 덧붙이셨다.

"그리고… 화장실 쪽이요. 거기가 좀 쏘거든요."

이분이 쓰는 지역 사투리인가? 내게는 상당히 낯선 표현이어서 되물었다.

"쏜다는 게… 그게 어떤 말씀이신가요?"

"그러니까 그… 화장실 쪽에 이상한 게 막 나타나기도 하고… 좀 싸하다구요…"

모르는 게 약이라는 말이 있다. 아무리 무서운 장소를 가더라도 모르고 가면 그냥 어둡고 낡은 장소일 뿐이다. 그러나 사건 당사자나 현지인의 이야기를 직접 듣고 가야 하는 날은 나 역시 무서워진다. 이 날이 그런 날이었다. 더군다나 한두 번 지나가며 생긴 소문 따위가 아니라, 분명 현장 관리를 해서 어떤 상황인지도 알고, 사방팔방에 깔린 CCTV를 두고 오랜 기간 관찰하며 관리해온 업체의 담당자분에서 이런 말을 들으니 그냥 흘려들을 수가 없었다.

게다가 전화를 끊기 전 그분은 마지막으로 당부하셨다.

"촬영 끝나고 돌아가실 때⋯ 저한테 꼭 연락 한 통 남겨주세요⋯. 꼭이요⋯."

연락을 못 하게 될 상황이라도 생길 걸 걱정하시는 걸까?

나는 이것이 내 생전 마지막 통화가 아니길 바라며 방송을 켜서 폐장례식장에 진입했다.

나는 1층부터 한 곳 한 곳 천천히 둘러보기 시작했다. 접객실, 염습실, 유족참관실 등⋯ 장례식장으로 사용되던 흔적이 아직도 많이 남아 있었다. 조명에 의지한 채 시청자들에게 현장의 모습을 생생하게 공유했다. 관리업체 담당자분의 말씀이 아니었어도, 을씨년스러운 분위기 때문에 작은 소리 하나에도 모두 예민해진 상태였다.

아그작!

관리분의 말대로 바닥은 온통 깨진 유리와 버려진 물품들로 가득해, 마치 지뢰밭 같았다. 또한 온통 곰팡이 천지여서, 평소 호흡기가 좋지 않은 나는 귀신한테 놀라는 것보다 폐병 걸릴 게 더 걱정스러울 지경이 되었다.

게다가 손전등 방향에 따라 이동하는 그림자가 마치 지나가는 귀신처럼 느껴졌다. 카메라엔 공간의 모습만 담겼지만, 그날 내 눈동자는 지구 반바퀴 만큼은 움직였을 거다. 그만큼 긴장상태였다.

방송을 하며 시청자들과 대화를 나누다보니 방송 전 관리인의 말씀은 거의 머릿속에 지워진 상태였다.

그러던 중, 1층에 있는 화장실을 둘러보기로 했다. 먼저 남자 화장실 입구에 섰는데, 그제서야 관리인의 말씀이 떠올랐다. 여기까지 왔는데 돌아갈 순 없다는 생각, 설마 별일 있겠냐는 생각에 화장실 문 앞에 섰다. 그러자 내 머릿속에는 여러 가지 상상이 맴돌았다.

진짜 만약에, 정말 만약에… 여기서 죽은 귀신이 천장에 대롱대롱 매달려있는 건 아니겠지?

아니, 진짜 무서운 건 사람이라잖아…. 누가 칼들고 덤비기라도 하면?

그런 긴장을 안고 한 발짝 한 발짝 남자화장실로 걸어들어갔다.

하지만 아무 일도 없었다. 아무것도 보이지도 들리지도 않았다. 속으로 '그럼 그렇지…. 귀신은 무슨…' 하고 생각했다. 공포방송 진행자의 모순된 마음이랄까?

바로 옆은 여자 화장실이다. 문이 닫혀 있었는데, 나는 용기를 내어 문을 활짝 열어제쳤다. 그러고는 시청자들에게 이야기했다.

"아무리 폐장례식장이라도… 여자 화장실은 여자 화장실이니까… 들어가보지 않아도 되겠죠?"

어차피 안에 들어가도 귀신 같은 게 나타나지는 않을 거라 생각했다. 반은 방송을 위한 농담이기도 했다. 그리고… 뒤돌아 그곳을 벗어나려는 바로 그 순간.

쾅!!!

내 뒤에서 여자 화장실 문이 스스로 닫혀버렸다.

"으악! 씨발!!"

나도 모르게 욕이 나왔다. 현장에서는 문 닫히는 소리가 생각보다 크게 났다. 정말로 깜짝 놀랐던 이유는 문을 열어놓고 한동안 열린 채 고정되어 있던 문이, 내가 뒤돌자마자 쾅! 소리가 날 정도로 닫혀버린 것이었다. 장례식장 내부는 바람 한 점 없이 밀폐된 공간이다. 누군가 신경질적으로 닫은 것처럼… 설명이 안 될 놀라운 상황이라 현장에 있던 나도… 라이브로 보고 있던 시청자들도 경악을 금치 못했다.

그제서야 관리인이 전화로 당부했던 말씀이 떠올랐다.

"그리고… 화장실 쪽이요. 거기가 좀 쏘거든요."

이곳에서 어떤 일을 겪었길래… 그런 말씀을 하셨을까?

그렇게 한껏 긴장한 채 남을 곳들을 촬영한 뒤 라이브를 마칠 수 있었다. 나는 곧바로 장례식장을 빠져나왔다. 그리고는 곧장 운전대를 잡고 집으로 향했다.

3~4시간 정도를 운전해 새벽이 되어서야 다시 집에 도착했다. 피곤함보다는 샤워 생각이 앞섰다. 온 먼지와 곰팡이를 휩쓸고 다녔으니까…. 씻고난 뒤… 나는 지쳐서 쓰러져 잠이 들었다. 그리고 다음 날 아침… 느즈막히 점심시간이 다 되어갈 때쯤 잠에서 깼다.

"아… 영상 편집해야 하는데…. 몇 시지?"

일어나자마자 휴대폰을 확인하니 부재중 통화가 5통이나 걸려 와 있었다. 그 관리인의 번호였다. 아차… 돌아갈 때 전화달라고 하셨는데 참…. 서둘러 전화를 걸었다.

"안녕하세요. 죄송합니다. 어제 돌아가서 집에 들어오자마자 잠 들었네요…."

"아닙니다. 걱정되서 전화드렸는데, 무사하시다니 다행이네요. 별일… 없으셨죠…?"

"네, 저는 잘 도착했습니다. 영상 업로드 하면 이 번호로 바로 링크 보내드릴게요. 촬영 허락해주셔서 감사합니다."

"네…. 점심 챙겨드시구요."

"감사합니다."

지극히 주관적인 내 생각과 해석일 뿐이지만, 그분은 도대체 왜 5통이나 전화를 걸었을까? 곰곰이 생각해봤다. 분명 폐장례식장에 들어가기 전 바로 들어갈 거라고 했으니 내가 언제 들어갔는지 알았을 테고, 장례식장 외부로 사방에 CCTV가 있으니 내가 나온 것도 아마 확인할 수 있었을 텐데…. 그리고 아는 사이가 아니고서야 전화를 네다섯 통씩이나 하는 경우가 있을까?

문득 이런 생각이 스쳤다.

'설마… 여기 다녀가고… 다치거나 죽는 사람이 있었던 걸까?'

이날 영상은 유튜브 '코비엣TV'에 고스란히 업로드 되어 있다.

경기도 세컨하우스

- 제보: 강 님의 제보사연 -

이 일은 약 10년 전 부모님과 막내이모가 겪었던 실화다. 지금도 살면서 겪었던 일 중에 가장 무서웠다고 말씀하신다.

당시에 부모님은 주말에 쉴 수 있는 세컨하우스를 매입하셨다. 처음엔 위치가 좀 외진 곳이어도 가격대도 수도권과 인접한 다른 곳들보다는 훨씬 저렴한데다, 집 앞에 물도 흐르고 마당엔 큰 나무와 텃밭이 있어서 충분히 좋다고 생각하셨다.

우리 가족은 주말마다 그곳에 가서 맛있는 것도 먹고 자연 속에서 쉬며 큰 문제 없이 만족했다. 나도 펜션에 놀러온 느낌이 들어 즐거웠다. 별다른 이상한 느낌도 없었다. 지금 와서 생각해보면 내가 민감하지 않은 편이라 지나간 것일 수도 있다는 생각이 든다.

그 일이 있기 몇 주 전부터 엄마와 아빠가 잠자리가 뒤숭숭하고 불쾌한데다 심지어 싸늘한 기운을 느끼기까지 했다고 하셨다. 특히 엄마는… 알 수 없는 누군가에게 쫓기는 악몽을 계속 꾸셨다. 지나고 나니 처음 그 집을 샀을 때부터 종종 싸한 기분을 느낄 때가 있었지만, 즐거운 분위기에 취해 그런 느낌을 애써 외면하고 있던 것 같다고 하셨다. 특히 그 집에 갔다 돌아올 때면 이상하리만치 두통이 느껴졌는데, 그저 다녀오느라 피곤해서겠거니 하며 별 것 아니라 생각하셨다고 한다.

그러던 어느 날….

엄마와 막내이모는 단 둘이서 그 집에 남아있기로 했다. 아빠는 인적이 드문 곳이라 여자들끼리는 위험할 수 있으니 집에 와서 자라며 만류했지만… 엄마는 오랜만에 이모와 둘이 자매들만의 시간을 갖고 싶다고 하셨다. 그런 말씀에는 아빠도 어쩔 수 없었다.

"그래, 알았어. 대신 무슨 일 생기면 바로 전화하고!"

"둘이 같이 있는데 무슨 일 있겠어? 걱정 말고 가 있어."

그렇게 아빠는 둘을 남겨두고 홀로 집에 돌아오셨다. 엄마는 이모와 둘만 남아서 모처럼 자유라는 생각으로 시내에서 외식도 하고, 밤늦게 야식으로 먹을 것들을 산 뒤 걸어서 돌아왔다.

엄마는 그때 일을 이렇게 말씀하신다.

"지금 생각하면… 그 외진 길을 어째 걸어서 올 생각을 했는지 모르겠다, 참…."

집에 도착한 엄마와 막내이모는 수다를 나누며 쉬다가, 늦은 밤 야식과 함께 TV를 보며 시간을 보냈다. 그때는 어느덧 새벽 두 시가 넘어가고 있었다.

잠자리에 들기 전 이모는 설거지를 하러 주방에, 엄마는 방 정리를 하러 침실로 향했다. 이모가 설거지 중이던 주방은 현관문과 매우 가까운 구조였다.

갑자기 누군가 도어락을 누르는 소리가 들렸다.

띡! 띡! 띡! 띡! 삐삐삐~!

누군가 도어락 번호키를 눌렀다. 비밀번호를 틀려 경고음 소리가 울렸다.

이모는 처음엔 잘못 들은 걸로 생각하고 무시했다. 그런데 한 번 더 너무나 분명하게 띡! 띡! 띡! 띡! 하며 도어락을 누르는 소리가 났다.

화들짝 놀란 이모가 소리쳤다.

"누구세요!"

대답 없이 도어락 소리는 계속 이어졌다. 급기야 밖에서 번호키를 누르던 누군가가 문 손잡이를 잡고 철컥철컥 돌리며 문을 열려고 했다.

그러다 잠시 후 조용해지더니… 어떤 남자의 낮은 목소리가 들려왔다.

"문 열어…."

이모는 그 말을 듣고 너무 무서워서 바로 현관문에 있는 걸쇠를 잠그고 엄마가 있는 방으로 뛰어갔다.

"언니! 언니! 밖에 어떤 남자가 자꾸 문을 열려고 해!"

"쉿! 나도 들었어…. 조용히 해…."

엄마도 소리를 듣고 잔뜩 긴장한 채였다. 엄마는 이모에게 조용히 하라고 하며 방에 있는 모든 불을 껐다. 그러고는 조용히 커튼을 약간 벌려 그 틈으로 밖을 내다봤다. 밖을 본 엄마는 그자리에서 기절할 뻔했다고 한다.

마당에 있던 큰 나무 한 그루 뒤로 온통 검은 옷을 입은 남자가 엄마를 보며 씨익~ 소름끼치게 입꼬리를 치켜올리며 웃고 있었다. 마치 그 틈으로 볼 것을 알고 있었다는 듯했다. 그러더니 엄마에게 천천히, 어서 나오라는 손짓을 했다.

겁에 질린 엄마는 본능적으로 느꼈다. 어쩌면 여기서 살아 남지 못할지도 모르겠다는 기분이었다. 얼른 커튼을 닫고 바로 아빠에게 전화를 걸었다. 아빠는 평소에 일찍 주무시고, 더군다나 새벽엔

잠귀도 어두워 전화를 잘 받지 않는 분인데, 이번엔 새벽 3시임에도 신호가 가자마자 전화를 받으셨다. 아빠는 용건도 묻지 않고 곧바로 소리쳤다.

"나 지금 바로 갈 테니까…. 절대로 집 밖으로 나오지 마! 알았어?"

꽤 먼거리임에도 불구하고 거의 20분 만에 도착한 아빠는 집 주변을 둘러보고 아무도 없다는 걸 확인한 뒤에, 엄마와 이모를 차에 태우고 바로 집으로 돌아왔다.

너무나 무서워서 차에 타서도 한동안 말 없이 조용했다. 그 동네를 벗어나고 한참 지나자 조금 긴장이 풀렸는지, 엄마가 아빠에게 물으셨다.

"원래 이 시간엔 죽어도 전화 못 받는 사람이 웬일로 전화를 이렇게 일찍 받았어?"

아빠가 하는 대답을 들은 엄마는 온몸에 소름이 끼쳤다.

앞서 언급한 것처럼 아빠는 일찍 잠자리에 들 뿐만 아니라 잠귀도 어둡고 꿈도 일절 꾸지 않는 편이다. 그런데 그날따라 집에 돌아와 잠든 뒤 꿈을 꿨다고 한다.

"꿈이 희안하더라고…. 흰 소복을 입은 무당이 그 집 마당에서 막 칼춤을 추더라니까? 그런데 있잖아…. 뭐에 씌인 사람마냥 소름끼치게 웃는데…. 아우… 진짜인 것 같았어….”

깜짝 놀란 아빠는 곧장 꿈에서 깼는데, 마침 그때! 엄마한테 전화가 걸려온 것이었다. 새벽 3시에 전화를 걸었다는 점에서부터 뭔가 좋지 않은 일이 있다고 직감했다. 그래서 부리나케 달려간 것이었다.

이날 이후 우리는 그 집을 팔기로 결정하고 부동산에 내놓았다. 얼마 뒤 매수자가 나타나서 계약이 진행되었다. 마지막으로 아빠가 점검차 그 집을 다시 한번 방문했다. 그날은 비가 억수같이 쏟아지는 날이었다.

집안 내부 점검을 끝내고 마당으로 나와 큰 나무를 보는데, 거세게 쏟아지는 빗방울과 함께 나무 뒷편 땅바닥에… 뭔가 하얀색이 보였다. 물이 고인 것도 아니고… 돌도 아닌 것이 뭔가 이상해서 가까이 가서 확인했다.

그 하얀 물체는 다름 아닌… 유골이었다.

거센 비에 흙이 쓸려 내려가서 묻혀있던 유골이 드러난 것이다. 무덤가도 아니고 집 마당에 그 뼈가 묻혀 있는 것인지… 우리 모두 아직도 그 이유를 알지 못한다.

사연을 제보하기 전 최근의 모습이 궁금해 로드뷰로 살펴보니, 그 집은 흔적도 없이 사라지고 큰 교회가 있다.

소름끼치는 충고

− 익명 제보 −

나는 30대 남자로, 5년 전 한 미용 관련 회사에 다니던 시절 실제로 겪은 일을 말해보려 한다.

코로나 이전 한참 호황이던 시기에는 뷰티 박람회나 행사가 활발하게 이루어졌다. 우리 회사도 중국과 베트남 등 여러 외국 업체와 교류도 많았고 자체적인 행사 기획도 많이 진행했다. 뷰티 관련 업계다 보니 아무래도 여직원이 더 많아서 행사 일정이 잡히면 몸을 쓰는 일은 주로 내가 많이 도맡았다. 이런 행사들로 이른 오전부터 일을 시작해서 밤늦게 퇴근하는 날이 많았다.

그러던 어느 하루, 며칠 뒤 중국에서 중요한 손님이 방문하기로 해서, 그 기간 동안 나를 포함한 직원 몇몇이 늦게까지 일을 해야만 했다. 우리 회사의 채용 우대조건은 영어와 중국어 가능자였기 때문에 나를 포함한 직원들 대부분이 중국어로 의사소통이 가능하다. 당일날은 내가 인천공항에 가서 중국 손님들을 마중나가게 되었다.

공항에서 만난 중국 대표님은 여성분이셨다. 나이는 50대 정도라고 들었는데, 처음 보자마자 화려하게 꾸민 외모에 관리까지 잘 했다는 느낌을 받았다.

'와…. 피부에 돈 어마어마하게 썼나보네….'

많은 중국 부자가 그렇듯 금을 좋아하셨다. 아무튼 중국 대표님과 함께 온 중국 직원들을 픽업해 회사로 데려가 안내한 뒤, 일정을 하나하나 진행해 나갔다.

결론적으로 2박 3일의 일정 동안 실수 없이 성공적으로 일정을 마무리할 수 있었다. 순전히 내 생각이지만, 중국 대표님은 내가 썩 마음에 드신 모양이었다. 일정 마지막 날, 중국 직원들은 한국에 며칠 더 머물기로 했고 중국 대표님만 귀국하기로 했다.

중국 대표님이 돌아가는 그날도 역시 내가 인천공항으로 배웅을 하게 되었다. 강남에서 인천공항까지 운전하며 그분과 많은 이야기를 나누었다. 이런 저런 얘기를 나누다가, 대화 방향은 전혀 예상치 못한 쪽으로 흘러가게 되었….

"김 대리님, 실례지만 뭐 하나 말해줘도 될까요?"

"물론이지요~."

"저는 중요한 일정 앞두고는 기운 사나운 곳엔 가지 않는답니다."

"아… 그렇죠. 아무래도 그러는 게 좋겠죠~. 저도 잘 염두에 두겠습니다."

"저 가고 나면 이따가 교회든 절이든 좋은 기운이 깃든 곳에 들렀다가 들어가세요."

뜬금없었다. 중국인들도 우리나라 사람들만큼이나 미신이나 징크스에 예민하다는 건 알고 있지만… 갑자기 지금?

그런데 이어서 한 마디 더 하시는데… 그 말을 듣고 소름이 끼쳤다.

"목 매단 귀신이 김 대리님 따라다닙니다…."

'이 아줌마가 미쳤나? 뭐라는 거야?'

순간 속에서 험한 말이 올라오는 걸 겨우 참았다. 아무리 우리 관계가 갑과 을이라고는 하지만 할 말이 있고 못 할 말이 있는 거지….

2박 3일 내내 웃는 얼굴로 대했는데, 처음으로 내 표정이 굳은 걸 들킨 모양이었다. 중국 대표님은 자신이 실례한 것 같다며 사과를 했다. 곧이어 인천공항에 도착해서 짐을 내려드리고 돌아왔다.

"아, 피곤해. 드디어 끝났네…. 왜 맨날 이런 일은 내 몫인 거야?"

 회사에 돌아온 뒤… 아무래도 긴장이 풀리니 화장실부터 가고 싶어졌다. 변기에 앉아서 한참 스마트폰을 보다가, 나는 문득… 그분이 왜 차에서 그런 이야기를 했는지 이유를 알 것만 같았다.

 중국 손님이 오시기 얼마 전, 직원들과 야근을 하다가 집에 돌아오는 길이었다. 집까지는 아직 한참 남았는데, 배가 부글부글 끓으면서 신호가 왔다. 힘이 조금이라도 풀리면 큰일날 것 같았다. 늦은 밤이라 건물들도 다 불이 꺼져 있어서 화장실을 찾기가 여간 어려운 게 아니었다. 그러던 중 간판 하나가 눈에 들어왔다.

 '××장례식장'

 간판도 건물 내부에도 불이 켜져 있으니, 잠깐 차를 대놓고 급한 볼일을 보고 나왔다. 내 기억에선 거의 잊혀가는… 며칠 전 일이다. 아무튼 아무리 장례식장에 잠깐 들렀다고 목 매 죽은 귀신이 나에게 붙어왔다고?

 생각하면 생각할수록 점점 소름이 돋았다. 그날 나는 조용히 화장실만 다녀왔다. 안에서 마주친 사람들이 없어서 눈치 덜 보고 좋았다고만 생각했다.

 하지만… 장례식장에 들어가면서 봤다. 상을 당한 사람의 이름을. 그날 분명 장례식장에선 장례를 진행 중이었다.

 중국 대표님의 말이 맞다면, 내 생각엔… 아마 그때 그곳에서 나에게 붙은 건가 하는 생각이 들었다. 그렇지 않고서야 내가 화장실 가는 동안 눈치 한번 안 볼 정도로 한산할 리가 없었다. 보통의 장례식이라면 조문객들도 오갈 텐데…. 아마 남들에게 알리지 못할 불행한 죽음이 아니었을지….

그런데 그 중국 대표님은 그런 걸 어떻게 알고 나한테 이야기했을까? 내 눈으로 귀신을 직접 보거나 경험한 건 아니기에 100% 믿을 순 없지만 너무 찝찝한 마음에 강남역 근처를 하염없이 걷다가 사무실로 들어왔다.

다행히도 나에게 불행한 일이 생기진 않았다. 미신이나 귀신 같은 걸 믿지 않는 내가, 지금까지 유일하게 믿을 수 없는 비현실적인 경험으로 그날을 기억하고 있다.

폐가에서

– 익명 제보 –

지금으로부터 약 7년 전에 있었던 실제 이야기다.

우리 외할머니께선 경기도 광주에 살고 계셨다. 광주 터미널 쪽은 번화하지만, 조금만 들어가면 영락 없는 시골의 모습이 흔했다. 우리 외할머니께서 사시던 곳이 시내와는 떨어진 그런 시골 같은 곳이었다. 그래도 경기권이라 거리가 아주 멀진 않아서 친척들이 주말에 한 번씩 모여서 식사 자리를 가지는 등 가족 모임이 종종 있어왔다.

내가 고등학생이던 시절, 여름방학이었다. 외갓집 계모임이 있어 온 친척이 모인 날이었다. 아빠는 당시 일이 많아서 가지 못하셨고, 엄마와 둘이 가게 되었다. 모처럼만에 그냥 집에 혼자 남아서 게임이나 하고 싶었지만, 엄마의 눈치를 이기지는 못했다. 친척 어른들 만나 용돈이나 받아야지 하는 기대를 안고 따라갔다.

할머니댁에 도착했을 때는 외삼촌과 이모댁 식구들도 모여 이미 북적북적했다. 내가 유독 좋아하던 친척 동생도 있었다. 늦둥이인데 어느덧 유치원 들어가서 발레도 배운다고 자랑이었다. 그렇게 외가댁 식구들이 다 같이 모여 고기도 구워 먹고 나름 재미있게 시간을 보냈다.

점심식사를 마친 나는 소화도 좀 시킬 겸 여섯 살 먹은 친척 동생과 할머니댁 주변을 산책했다. 보통은 할머니댁에 놀러가도 주변에 많이 돌아다닐 일이 없었는데, 꼬맹이가 활동량이 얼마나 좋은지 제법 멀리까지 걸어나왔다. 우리는 길을 따라서 꽤 오래 걸어왔다. 길은 투박한 콘크리트 길이긴 했지만 나름 포장된 도로였고, 우리가 걷던 방향으로 길 왼편으로는 간간이 사람 사는 집들이 보였다.

그리고 그때… 내 두 눈을 사로잡았던 것이 있었다. 바로 사람이 살 수가 없어 보이는, 거의 다 무너져가는 집 한 채였다. 집의 형태를 하고 있긴 한데 그리 큰 집은 아니었다.

우리가 보통 폐가를 떠올리면 생각할 법한 그런 모습이었다. 다만… 주변으로는 길게 우거진 풀과 폐기물 쓰레기 같은 것들로 뒤

덮여 난장판이었다. 일반적인 흉가나 폐가라고 하면 그나마 들어가볼 수는 있겠다는 생각이 들겠지만… 내가 본 그곳은 귀신이나 괴담이 문제가 아니라 당장 쓰러져도 이상하지 않을 집 같았다.

그쯤 되니 돌아갈 길이 멀어질까봐 다시 할머니댁으로 향했다. 집에 돌아온 뒤에는 꽤 오래 걸어 나른해진 탓에 나도 모르게 거실에서 잠이 들었다.

그리고… 얼마나 잤을까?

한참 자다가 주변이 부산스러워서 잠을 깼다. 몇몇 친척분들은 집에 갈 준비를 하고 계셨다. 나에게 공부 열심히 하라고 용돈을 쥐여주시곤 집으로 가셨다. 아쉽지만 귀여운 꼬맹이 친척 동생도 집으로 돌아갔다.

나는 큰외삼촌 가족들과 남아 하루를 더 있었다. 당시 남은 사람 중에 외삼촌의 아들, 그러니까 그해 갓 대학교에 입학한 친척 형이 한 명 있었는데, 나는 그 형과 저녁 내내 입시 고민, 여자 고민 등 시시콜콜한 이야기를 나눴다. 그러다 문득 오후에 보고 온 그 폐가가 떠올라서 말해줬다.

이 형이 밤중에 할 것도 없고 영 심심했는지 이렇게 말했다.

"이 근처에 폐가가 있다고? 거기 구경 한번 가보자!"

"이 밤중에? 거기 거의 다 무너질 것 같던데…. 엄청 살벌해…."

"그니까! 우리가 언제 그런 거 구경하겠냐?"

형은 궁금하다며 잠깐만 보고 오자고 꼬드겼다. 그도 그럴 것이 TV나 인터넷에서만 보던 폐가나 흉가를 눈앞에서 볼 기회는 잘 없었을 테니까. 그리고 형이 가보자고 밀어붙이자… 나도 조금은 가볼까 하는 마음이 생겼다. 그리고 집 안까지 들어갈 생각은 아니었다.

형과 함께 조용히 밖으로 나섰다. 시간은 자정을 막 넘은 시간이었다.

우리는 할머니네 신발장에 있던 손전등을 들고 밤길을 걷기 시작했다. 간간이 가로등이 길을 비추고 있었지만 시골길의 가로등은 오히려 음침한 분위기를 더해줄 뿐이었다.

그리고 한 5분 정도 걸어서 오후에 봤던 폐가 앞에 도착했다. 주변에 아무것도 없이 지극히 조용한 한편… 낮에는 몰랐던 오만 풀벌레 소리가 사방을 뒤덮고 있었다. 고요함과 소음이 뒤섞여 공포를 자아냈다.

우리는 다 무너져서 형태도 없어 보이는 폐가의 담벼락 앞에 서서는 손전등으로 이쪽 저쪽을 비춰보기 시작했다. 하지만 요즘 유튜브에서 유행하는 흉가 체험 콘텐츠에 나오는 곳처럼 2~3층짜리 큰 집은 아니었다. 한 2~3분 보니 딱히 더 볼 것도 없었다. 그래서 우리는 다시 돌아가려 했다.

"에이~ 시시하네…."

그런데 그 순간이었다.

"스윽~ 스윽~ 스…윽~."

그 폐가 안에서 뭔가 쇠를 긁는 듯한 소리가 들려왔다. 나는 무서워서 곧장 돌아가고 싶었는데, 친척 형은 동생 앞이라서 무슨 객기를 부리고 싶었는지 호기롭게 말했다.

"야! 잠깐만 있어봐…. 난 온 김에 안쪽까지 볼란다!"

"형… 미쳤어?"

"코앞이잖아!"

그러더니 자신이 손전등을 챙겨들곤 그 폐가 입구 쪽으로 걸어가는 것이었다. 그러고는 폐가의 뚫린 문 안쪽으로 고개를 집어넣고 손전등을 비췄다. 잠시 형은 뭔가를 관찰하는 듯했다.

"꺄아아아아아아악!!"

갑자기 형이 소리를 지르며 내 쪽으로 정신없이 달려왔다. 나도 본능적으로 몸이 먼저 반응을 해서 정신 없이 도망치기 시작했다. 우리 둘은 전력을 다해 집을 향해 뛰었다. 한밤중의 괴성과 뜀박질에 동네 개들이 다 같이 짖어대 난리도 아니었다.

정신없이 뛰어 집 앞에 도착해서야 나는 형에게 물었다.

"뭐야, 형! 왜 그래? 뭘 본 거야?"

그때 형의 대답은 정말 아직도 잊혀지지 않는다.

"문 안쪽 구석에… 사람 있어…. 흑… 흐읍….”

"무슨 말이야…. 흐읍…. 거기 사람이 왜 있어…. 형 잘못 본 거 아니야?”

"너 방금 전에 소리 들었지? 쇳소리…. 미친… 거기서 칼 갈고 있어!"

비록 짧은 순간이었지만 손전등으로 소리가 나는 방 안을 비췄더니… 머리를 산발로 풀어헤친 중년 아줌마가 앉아 있었다고 했다. 놀라서 잠깐 멍한 상태에서 몸이 굳어버렸는데… 아줌마가 두 손으로 잡아 칼을 갈고 있다는 걸 확인하자마자 비명을 지르며 곧바로 도망쳐 나왔다는 것이다.

그 모습을 직접 본 형은 한참을 진정하지 못했다…. 나 역시 마찬가지였다. 그렇게 늦은 새벽이 되어서야 겨우 잠들었다.

다음 날이 밝았다.

할머니께서 밤늦게 어딜 다녀왔냐고 우리에게 물으시길래 바람 쐬고 왔다며 둘러댔다.

슬슬 집에 돌아갈 때가 되어 다 같이 마당으로 나와 할머니가 담아준 반찬을 차에 실으며 집에 갈 준비를 했다. 당시 우리를 배웅해주시느라 할머니도 마당에 나와 계셨다.

그런데 한참 부산스러운 와중에 친척 형이 한마디했다.

"할머니, 할머니. 저기 손님이 왔나봐요!"

형은 손가락으로 마당 바깥쪽을 가리키고 있었다. 가족 모두 그쪽을 바라봤는데 아무도 없었다.

그리고 그때… 어제에 이어 또 다시 미친 듯이 소름이 돋는 순간이었다….

할머니께서 형의 물음에 대답도 안 하시고 서둘러 집으로 들어가시더니, 양손 두 주먹에 소금을 한 움큼씩 쥐어들고 나와서는 친척 형에게 패대기치듯 뿌리셨다.

쏴아~~ 두두둑… 쏴아~ 두두둑.

나는 그 순간이 너무 무서웠다. 가족들도 영문을 몰라 할머니를 말리셨다.

"어머니… 왜 이러세요?"

할머니는 양손에 쥔 소금을 다 뿌리고 나서야 진정하셨다.

"이제 됐다! 다음부턴 밤중에 싸돌아 다니지 마!"

부모님들도 우리에게 뭘 하고 돌아다녔길래 할머니가 갑자기 이러시냐며 잔소리를 들어야만 했다.

"엄마… 우리 할머니 신기 같은 거 있으셔?"

"아니? 금시초문인데? 그럴 분이 아닌데…."

할머니에게 왜 그런지 여쭤보니… 애한테 잡귀가 붙어온 것 같다고 하실 뿐… 다른 말씀은 없으셨다.

형과 나는 지금도 그때 이야기를 할 때마다 소름이 돋는다.

형은 대문 앞에 찾아왔다는 그 여자의 인상착의가, 전날 폐가에서 봤던 그 여자와 똑같았다고 회상한다.

낚시 금지 구역

― 익명 제보 ―

나는 붕어 낚시만 15년 넘게 해온 낚시꾼이다. 낚시에 관한 카페와 커뮤니티의 조행기를 볼 때마다 느끼는 점인데, 전국에 물이 있는 곳에는 모두 귀신 목격담이 하나씩은 있는 것 같다. 그렇게 소문이 확산되는 이유는 아마도 그곳에서 낚시가 가능하기 때문이 아닐까 싶다. 낚시가 불가능한 지역이라면 애초에 발길이 닿지 않을 테니 목격담 자체가 없을 것이다.

내가 처음 낚시를 시작했을 때에 비해 현재는 전국적으로 낚시 금지 구역이 더 많아지고 있다. 이유는 제각각이다. 지형지물이 위험해서 익사사고가 빈번하다든지…. 쓰레기 무단투기 등의 문제로 지역민들의 민원이 꾸준하게 발생한다든지 하는 것들 말이다.

하지만 귀신이 나오기 때문에 낚시를 금지시킨 곳이 있다는 사실을 아는 사람은 몇 없을 것이다.

지방의 한 산자락에 자리 잡은 작은 소류지에 대한 이야기다. 소류지 근처에는 사유지 안내 팻말과 더불어 진입 및 낚시를 금지한다는 안내가 있다. 심지어 그곳은 어지간하면 외지인이 절대 들어갈 수 없는 눈치인데, 처음 보는 차량이 그 방향으로 들어갈 때면 동네 주민들이 다 지켜보고 있기 때문이다. 늦은 밤이라도 진입로 근처 사는 개들이 격렬히 짖어대기 때문에 마을 사람들은 단번에 알아차리곤 한다. 누구 하나라도 낯선 행색을 하고 그곳에 진입하려고 한다면 바로 신고해서 낚시를 못 하도록 만든다.

이유는 다른 게 없다. 진짜 귀신 때문에 사람이 죽어나갔던 곳이기 때문이다. 그러다 보니 어찌어찌 찾아간 낚시꾼들 사이에서도 그곳은 낚시 금지 구역으로만 알려져 있지, 정확한 사유를 아는 사람이 없다.

처음부터 낚시 금지 구역이었던 것은 아니다. 애초에는 낚시 금지 같은 건 없었고, 동네에서만 그냥 쉬쉬하던 정도였다. 그곳에서 낚시를 하다가, 혹은 근처에서 나물을 뜯다가 귀신을 보고 혼비백산해 내려왔다는 소문 정도만 있었을 뿐, 사람이 죽을 정도는 아니었으니 말이다.

그러다 한번은 낚시에 관심을 가지기 시작한 젊은 학생이 그곳으로 낚시를 갔던 것이 발단이 되었다.

학생은 귀신이 어디 있냐는 젊은 패기로 동네 사람들의 이야기를 무시하고, 해질 무렵 아버지의 낚싯대를 챙겨 소류지로 올라갔다. 낚시를 시작했는데 오랫동안 발길이 닿지 않은 곳이라 그런지 입질도 잘 오고, 고기 사이즈도 꽤 큼지막한 것들이 걸려 나오더란다. 그러던 중….

굉장히 묵직한 입질이 찾아왔다.

"와, 이놈 보소. 사이즈 빵빵하겠는데?"

하지만 조금 이상했다. 보통 투둑투둑 저항하는 물고기의 움직임과 달리, 당기는 대로 지그시 주~욱 따라왔다. 그리고 뭍가까지 다 당겨오자… 학생은 그대로 줄행랑을 칠 수밖에 없었다. 낚싯바늘에 걸려나온 건 물고기가 아니라 학생을 노려보는 귀신의 머리였기 때문이다.

"끄악!"

그렇게 뒤도 안 돌아보고 집까지 줄행랑을 쳤다.

사색이 되어 달려온 학생을 본 가족들은 도대체 무슨 영문인지 물었다. 그러자 학생이 대답했다.

"아버지! 옆산 소류지에 물귀신이 있어요!"

가족들은 거길 왜 기어올라갔냐며… 간이 배 밖으로 나왔다며 나무랐다. 아버지가 물었다.

"낚싯대들은 다 어쨌어?"

"그게… 전부 놔두고 왔어요…."

"아이고, 못 산다, 진짜…. 뭐 한다고 거길 기어들어가서, 참…. 날 밝으면 찾으러 가볼 테니 발 닦고 퍼뜩 잠이나 자! 이 밤중에 뭔 난리냐, 이게…."

그리고 다음 날 동틀 무렵, 학생의 아버지는 낚싯대를 찾아오겠다며 그 소류지를 향해서 집을 나섰다. 어차피 동네 사람이라면 그곳에 갈 일도 잘 없지만… 혹시나 누가 슬쩍 집어갈까 조바심이 났던 모양이다.

하지만 아침식사 시간이 한참 지나도록 학생의 아버지는 돌아오지 않았다. 그러자 걱정이 됐던 학생은 동네 어르신 몇 분께 자기가 어제 겪었던 일을 설명하며 함께 가달라고 부탁했다.

"저희 아버지가 돌아오질 않으시는데… 같이 한 번만 가주시면 안 되겠습니까?"

그렇게 모인 마을 어르신 몇 분과 함께 소류지에 도착했을 땐… 차마 말로 표현할 수 없을 정도로 충격적인 장면이 펼쳐져 있었다.

무언가가 아버지를 물속으로 끌어내린 듯… 하반신만 물 밖에 나와 있고, 상반신은 물속에 처박혀 있는 형상으로… 죽어있는 것이다. 낚싯대를 가지러 온 아버지가 스스로 목숨을 버릴 리는 없을

4장

테니까…. 설령 그랬다고 하더라도, 시신이 물 위로 떠있어야 하는 거 아니겠는가?

마을 사람들이 서둘러 아버지를 건지려고 다가가니, 그제서야 무언가가 아버지를 놓아주는 것처럼… 잠긴 상반신이 물 위로 스르르 떠올랐다고 한다. 그 장면을 지켜본 학생과 동네 사람들 모두 아연실색했다. 학생 혼자 가서 나중에 그 이야기를 전해들었더라면 마을 사람들은 단순한 사고라고 생각했을 수도 있었겠지만, 학생에게 자초지종을 다 듣고 함께 갔던 마을 사람들은 귀신이 사람을 잡았다며 질겁했다. 그 이전부터 종종 근처에서 귀신이 나타난다는 소문이 들렸기에 훨씬 더 크게 와닿았을 게 분명하다.

그 사건 뒤로 이곳은 철저하게 낚시 금지 구역이 되어 마을 사람들이 나서서 관리하고 있다. 지역 경찰 또한 외지인이 낚시를 한다는 신고가 들어오면 빠르게 출동을 한다.

혹시 아무도 모르게 몰래 그곳에 다녀오는 사람이 있을지도 모르겠으나… 결코 좋은 경험을 하지는 못했을 것이다.

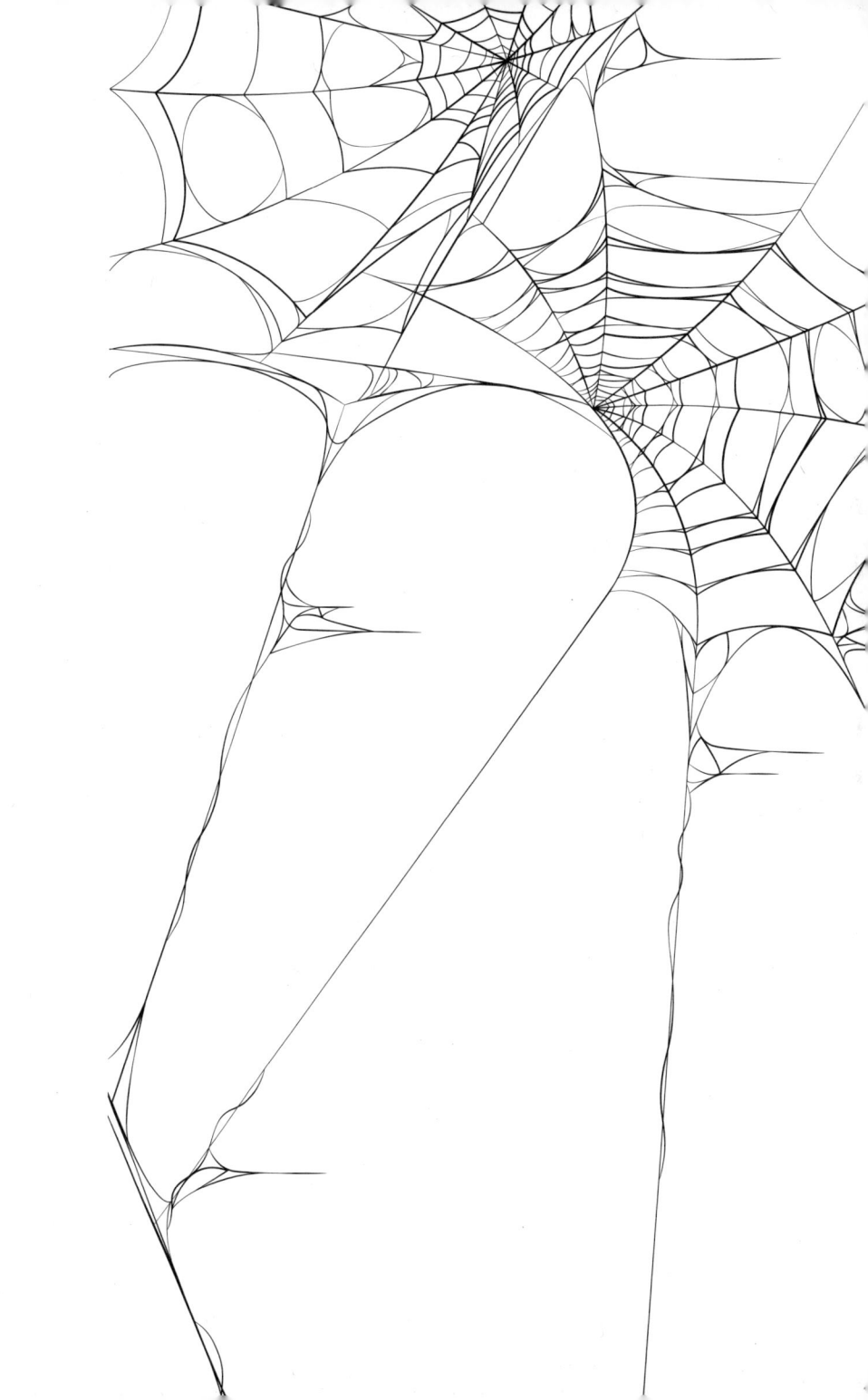

보이는 눈과 들리는 귀
편의점 야간근무
헌책방
수살귀(水殺鬼)
헌옷수거함
해녀 귀신

5장

보이는 눈과 들리는 귀

- 제보: 국제시장 김 사장 님 -

지금의 나에겐 영감이나 영력 같은 힘은 없다. 그러나… 그와 같은 신비한 경험을 한 적이 있다.

시작은 셋째 작은아버지가 돌아가셨을 때부터였다. 작은아버지는 대장암으로 투병하시다가 젊은 나이에 돌아가셨다. 간병은 셋째 작은어머니가 아닌 나와 어머니가 했다.

셋째 작은아버지에게도 아내와 아들이 있지만, 부부간이나 부자간에 사이가 좋지 않았다. 그나마도 작은어머니는 손님을 맞는 일까지는 했지만 작은 아버지의 아들인 사촌은 끝까지 상주를 서지 않았다. 결국 친가 식구들에게 떠밀려 상(喪)의 처음부터 끝까지 내가 상주로 서게 되었다.

셋째 작은아버지는 내가 고등학생 때 돌아가셨다. 그때는 장례식장이 보편화되지 않아서 집에서 장례를 치렀다. 무려 닷새 동안이나…. 돌아가신 계절이 여름은 아니었지만 꽤 더운 날이었다. 그런데 유체(遺體)를 집에 모셨기에 냄새가 나지 않게 계속 향을 피워야 했고, 일정 시간마다 알코올을 묻힌 솜이나 부드러운 천으로 유체를 닦아야 했다.

그렇게 상을 잘 치르고 묘에 하관을 한 뒤… 그날 밤… 나는 꿈을 하나 꾸었다. 도통 꿈을 잘 안 꾸는 터라 지금도 생생히 기억이 난다. 비록 짧았지만 기억에 콕 박히는 꿈이었다.

주변이 밝은 어떤 곳에 내가 서 있는데, 양 옆으로는 하얀 천을 쓴 사람 형상의 무언가가 서 있었다. 그 가운데 작은아버지가 밝고 환하게 웃는 모습으로 계셨다.

"모두에게, 난 좋은 곳으로 간다고 전해라."

이어서 조금 씁쓸한 웃음을 띠며 한 마디 덧붙이셨다.

"그리고… 고생하렴."

그리고 나는 꿈에서 깼다. 작은아버지의 메시지라고 생각해서 가족들에게 꿈 내용을 전했다. 그러자 다들 안심하셨다.

"좋은 곳으로 갔다니… 다행이다…."

하지만 그날 이후의 나에겐… 조금 힘든 날들이 기다리고 있었다. 그것들은 내게 평범하게 보이기 시작했다. 풍경을 보듯 사물을 보듯… 평범하게 보였다. 그러나 그것들이 평범하지 않다는 것을 깨닫게 된 건 작은아버지의 장례로부터 몇 달 뒤의 일이었다.

어느 날 밤… 나는 그때 사귀던 여자친구와 길을 걷고 있었다. 그런데 골목 구석에 한 남자아이가 쭈그려 앉아 울먹거리는 모습을 보았다. 나는 자연스레 다가가 아이 앞에 허리를 숙여 말을 걸었다.

"무슨 일이니? 길을 잃었어?"

아이는 대답했다.

"엄마가 더 이상 날 보러 오지 않아."

나는 아이가 길을 잃은 미아라고 생각해서 말했다.

"같이 경찰서로 가자. 그럼 엄마를 찾아줄 거야!"

그리고 허리를 펴고 뒤돌았는데, 여자친구가… 나를 약간 두려운 눈빛으로… 쳐다보고 있었다.

"너… 뭐해?"

"응? 아니… 애가 엄마 잃어버렸다잖아. 경찰서 데려다줘야지."

나는 남자아이가 있는 쪽을 가리키며 말했다. 그러나 여자친구는 떨리는 목소리로 이렇게 말했다.

"너… 거기 누가 있다고 그래? 농담하는 거지?"

내가 가리킨 그곳에는 아무도 없었다.

나중에 알고 보니… 그 자리는 신호를 보지 않고 달리던 아이가 차에 치여 사망한 사고가 있었던 곳이었다. 여자친구가 그토록 놀랐던 것은 아무도 없는 곳에 말을 건 내 이상한 행동 때문만이 아니라, 동네에서 일어난 사망사고라서 그 장소를 기억하고 있었기 때문에 더 놀랐던 것이었다.

나는… 죽은 자들을 볼 수 있다는 걸 깨달았다. 다른 이야기들에서 접하는 것처럼 무섭게 보이거나 한 게 아니라… 정말 평범하게 보였다. 그래서 나도 평범하게 반응했던 것뿐이었다. 지금 생각해보면 가끔씩 사람들이 아무 이유 없이 이상한 눈길로 날 쳐다보던 것들이… 그 때문인가 싶다.

또 하나 기억에 남은 일은 그 바로 다음 해 등굣길에서였다. 꽁지 머리를 한 마른 체격의 형이 어디가 아픈 건지… 문구점 앞 도로에 주저앉아 있었다.

"형! 괜찮아요? 여기서 뭐해요?"

일단 나도 모르게 먼저 물었다. 그러자 그 형이 대답했다.

"응…? 나도 모르겠어. 오토바이 타고 있던 건 기억나는데….."

하지만 형의 말과는 다르게 오토바이를 타다 넘어진 것 같진 않앉다. 오토바이가 보이지 않았기 때문이다. 당시 그곳은 학교 앞이라 대형 버스도 다니고 있어서 너무 위험해 보였다.

"형! 거기 앉아있으면 위험해요. 나오세요!"

"그러게…."

영 맥 없는 대답과 함께… 작게 웃음을 보였다. 그리고 그때 누군가 내 어깨를 두드리는 것이다. 뒤를 돌아보자 학교 앞 문구점 아줌마였다. 나를 걱정스러운 눈으로 쳐다보며 말씀하셨다.

"얘… 학교 가야지? 근데 너… 누구랑… 이야기하는 중이니?"

아줌마의 목소리는 조금 떨리는 듯했다.

이후 교실로 들어가서 같은 반 친구에게 그 이야기를 하자, 짝이 놀라운 이야기를 하나 해주었다.

"야, 거기 교통사고 났던 곳이잖아!"

"교통사고?"

"너 몰라? 우리 학교 선배 한 사람이 헬멧도 안 쓰고 달리다가 트럭이랑 정면충돌했잖아! 10미터나 붕 날아서 즉사했어!"

나는 겉으로는 내색하지 않았지만… 속으로는 떨고 있었다…. 하… 또 본 거구나…. 산 사람과 죽은 사람이 확실하게 구분되어 보이지 않았기 때문에 어찌할 도리가 없었다. 꿈에서 작은아버지께서 말씀하신 "고생하렴."의 뜻이 이런 건가 싶었다.

마지막으로 본 영혼은… 조금 안타까운 이야기다.

헬스장에서 운동을 하고 있었는데 창 밖에서 어디선가 맡아본 묘한 냄새와 더불어 아이의 울음소리가 들리기 시작했다. 나는 잠시 운동을 멈추고 창밖을 보니 여덟 살 정도의 어린 여자아이가 무릎을 감싸안고 바닥에 앉아 울고 있었다. 층수가 낮아서 아래가 훤히 보이길래 물었다.

"왜 울고 있어? 무슨 일 있니?"

아이는 내 목소리를 듣더니 울음을 멈추고 눈을 동그랗게 뜨며 날 올려다봤다. 나는 다시 물었다.

"울지 말고… 무슨 일이야? 오빠한테 얘기해봐."

내 말을 들은 여자아이는 또 다시 울기 시작했다. 나는 운동복 차림으로 밖에 나가서 그 아이가 있는 곳으로 향했다. 여전히 서럽게 울고 있었다.

"무슨 일이야? 길 잃었니?"

여자아이는 힘없이 고개를 저었다. 그리고 울먹이는 목소리로 말했다.

"엄마가 날 싫어할 거야."

"그게 무슨 말이야?"

여자아이는 눈물을 훔치며 떨리는 목소리로 말했다.

"내가 이제 깨끗하지가 않아서… 엉엉….'"

"깨끗하지 않다니, 무슨 일 있었어?"

"여기 오랫동안 있었는데 엄마가 날 못 찾았어…."

그러더니 아이가 구멍 뚫린 하수도 뚜껑을 가리켰다.

뭐가 있나 하고 보려고 다가가니 갑자기 아이가 소리를 질렀다.

"아저씨, 가지 마! 나 지금 더러워!"

난 직감적으로 느낄 수 있었다. 나는 아이 옆으로 가 앉아서 토닥이며 말해줬다.

"엄마는 네가 어떻든 널 반가워할 거야…."

그 말을 들은 아이는 옅은 미소를 띠며 되물었다.

"정말 그럴까?"

아이의 미소에 나는 목소리를 높여서 말해줬다.

"당연하지!"

그 말을 들은 아이는… 내 눈앞에서 스르르 사라졌다.

아이가 사라진 후… 나는 하수도 뚜껑의 구멍 밑을 유심히 살펴봤다. 그리고 충격을 받았다…. 거기에는 이미 반쯤 부패한 아이의 시신이 있었다….

119와 112에 신고를 했다. 출동한 경찰관이 어떻게 발견했냐는 질문에… 사실대로 대답할 수는 없었다.

"이상한 냄새가 나길래 살펴보니 아이가 있더라구요…."

거짓말을 한 것은 아니었다. 하수도 구멍에선 내가 어디선가 맡아봤던 묘한 그 냄새를 맡았다…. 그건 유체의 냄새, 즉 시체에서 나는 냄새였다.

사건은 다음과 같았다. 하수도를 수리하는 동안 열어뒀던 하수도 구멍에 지나가던 아이가 떨어져 실족사했고, 인부들은 내부를 확인하지 않고 그대로 뚜껑을 덮어버린 것이다. 이후… 아이 엄마로 생각되는 여성의 곡소리가 며칠간 이어졌다.

처음으로 죽은 자를 보는 나 자신이 싫어졌다.

이 상황은 30대 초반 무렵에 돌연 사라졌다. 그 어떠한 예조도 꿈도 없었고… 처음처럼 평범하게 사라졌다.

왜 그런 존재들이 보이고 들렸는지… 나는 알지 못한다. 아마 앞으로도 알 수 없을 것이다. 그러나 한 가지… 내가 알고 있는 건… 죽은 자는 무서운 존재도 두려워해야 할 존재도 아닌… 가여운 존재라는 것이다.

편의점 야간근무

– 제보: 지호 님 –

이 이야기는 내가 8년 전에 겪은 일이다.

원래 서울에서 대학교를 다니고 있었는데 감사하게도 집안이 어려운 형편은 아닌지라 부모님께서 학비를 전액 지원해주고 계셨다.

나는 2학년을 마치고 군대를 다녀왔다. 복학하기 전, 생활비 정도는 내가 벌고 싶다는 마음에 아르바이트를 시작했다. 학교는 서울, 본가는 경기도라서 학기 중에는 자취를 하고, 휴학하는 동안에는 본가에 머무르고 있었다.

그러다 집에서 멀지 않은 한 편의점에서 아르바이트를 시작했다. 당시 편의점 아르바이트는 생전 처음이었다. 군대를 갓 전역한 터라 가만히 서서 일하는 이만한 꿀알바가 없다고 쉽게 생각했다.

편의점은 경기도 용인 외곽에 있는 편의점으로, 주택가가 아니라 차도변에 위치해 있었다. 그래서 손님들 대부분은 차를 몰고 왔다. 그래도 꽤 많은 손님이 들렀다 가는 점포였다.

하지만 반대로 야간에 차가 안 다닐 때는 손님이 굉장히 드물었다. 인근 낚시터에 밤낚시 가는 아저씨들이나 종종 들러 담배나 소주를 사가는 게 대부분이었다.

그러다 보니 야간에는 남자만 채용을 했다. 면접을 볼 때 점장님은 내가 집이 가까워서 좋다며 바로 출근할 수 있겠냐고 묻기도 했다. 나는 지체할 것 없이 다음 날부터 바로 야간 알바를 시작하게 되었다. 근무시간은 밤 10시부터 새벽 6시까지 8시간이었다.

그렇게 처음 알바를 시작한 지 2~3일째는 일찍 나가서 일을 배웠다. 야간에 혼자 일하면서 괜히 실수하지 않으려고 눈과 귀를 열고 열심히 배웠다. 하지만 열심히 배운 것치고… 야간 손님은 그렇게 많지 않았다.

손님의 대부분은 야간 낚시꾼, 오토바이 라이더, 술 사러 오는 술꾼이 대부분이었다. 야간 업무는 시재점검으로 마무리가 된다. 다음 근무자와 교대할 때 계산한 금액이 포스기 잔고와 맞는지 확인하는 작업이다.

그러던 하루… 내 다음 근무자인 점장님에게 인수인계를 하는데, 잔고가 4500원 로스가 났다. 보통 손님들에게 돈을 받거나, 아니면 거스름돈을 줄 때 100원, 200원 정도 잘못 주고 받는 경우는 있어도… 이 정도로 금액이 크게 차이나는 경우는 없었다. 이렇게 나기도 힘들고 그 전까지 그런 경우가 없었기도 했다…. 아무튼 퇴근을 준비하고 있는 나한테 점장님께서 물었다.

"지호야. 잔고가 왜 4500원이 비어? 오후 알바랑 시재점검 할 때는 이상 없었어?"

전 근무자와 교대할 때도 시재 오차가 없는 것을 내가 직접 확인했다. 그렇다는 건… 내 근무시간에 생긴 로스라는 이야기…. 내 실수라는 뜻이었다. 많이 당황스러웠다. 정말 그 정도로 계산 실수나 오차가 있었다면 나뿐만이 아니라 손님도 인지를 했을 텐데….

"점장님, 아무리 생각해봐도 계산이 어디서 실수가 난 건지 모르겠어요."

그런데 4500원이면 딱 담배 한값 가격으로 떨어진다. 아무리 손님이 없는 야간 편의점이더라도 담배나 술을 사러 오는 손님들은 있었다.

아무튼 오전 6시가 되자 영 졸립기도 하고… 4500원 가지고 잘잘못을 따지기는 싫었다.

"제가 실수했나 봐요. 제 월급에서 빼고 주세요."

이렇게 말씀드린 뒤에 퇴근했다.

나중에 점장님은 오차 금액과 품목을 대조해보신 모양이다. 그런데… 시재 금액은 차이가 나는데 상품들 재고는 다 그대로였다는 것이다.

한 일주일 정도 시간이 흘렀다. 평소와 다를 것 없이 야간근무를 하고 있었다. 슬슬 편의점 유리창 밖으로 새벽이 밝아오는 푸른 하늘이 펼쳐지기 시작했다.

그 무렵 점장님께서 교대를 하기 위해 출근을 하셨다. 곧장 카운터 쪽으로 들어오시기에 나는 남은 쓰레기를 정리했다. 그 사이에 시재점검을 하신 점장님께선… 또 4500원 오차가 났다고 하셨다. 하지만 분명히 나는 지난번 이후로 정신을 똑바로 차리고 계산을 해왔기에 납득하기 어려웠다. 게다가 전 타임 근무자랑 인수인계 하면서 금액을 확인했기에 문득 짜증이 났다.

그래서 점장님께 돈은 돈이고… 도대체 내가 어디서 실수했는지 CCTV를 한번 보고싶다고 말씀을 드렸다. 점장님은 냉장고 옆 직원공간에 있는 CCTV 돌려보는 방법을 알려주셨다.

나는 포스기에 찍힌 영수증 시간들을 대략적으로 확인하고 난 뒤 CCTV를 빨리감기로 돌려가며 내가 계산하는 장면들을 한번 살펴보았다. 별다를 게 없었다. 처음 몇 장면을 돌려보며 현타가 올 뻔했다.

"하… 진짜…. 내 인생… 4500원이 뭐라고 이 짓거리를 하는 거야…. 내 신세야…."

하지만… 곧이어 내 눈을 의심할 장면이 펼쳐졌다.

시간은 새벽 1시 30분….

아무도 없는 계산대에서 마치 사람이 있는 것처럼… 내가 인사를 하는 장면이 찍혔다. 그리고 뒤쪽에 있는 매대에서 담배 한 갑을 꺼내서 바코드를 찍더니 허공에 대고 돈을 받는 시늉을 하는것이었다. 그러고는 한동안 멍하니 매장 한곳을 초점없이 바라보다가 계산대 위에 올려진 담배를 다시 제자리에 꽂아두었다.

직접 보고도 믿을 수 없이 충격적이었다. 왜냐하면 나는 그 순간의 기억이 전혀 없기 때문이다.

그 충격이 채 가시기도 전에 문득 내 머리를 스치는 생각이 있었다. 그럼 일주일 전 그날도…?

그러던 중 점장님이 오셔서 물었다.

"계산 실수가 CCTV로 확인이 되겠냐?"

도저히 믿을 수 없는 그 장면을 점장님께도 보여드렸다. 그러자 점장님은 어색하게 웃으며 말했다.

"와… 하하하…. 네가 잠깐 미쳤는가 보다…. 하하하…. 너 많이 피곤했나 보네."

별일 아니라는 듯 말하는 투가 나를 비꼬는 것처럼 느껴졌다. 나는 내가 귀신에 홀린 건지, 아니면 나도 모르던 정신병이 있는 건지 심각하기만 했다. 나는 곧바로 점장님에게 말했다.

"제가 오전이나 주간으로 가면 모를까…. 야간을 계속해야 한다면 오늘부로 그만두고 싶습니다."

딱히 화를 내거나 야단을 치거나 하지는 않았지만, 사람 좋아 보이던 점장님은 의외로 붙잡지도 않았다.

그러더니 그 자리에서 여동생분에게 일주일만 야간시간을 봐달라고 전화를 했다. 내게는 짧은 기간이었지만 고생했다며, 나중에 땜빵할 일 있으면 연락할 테니 굳이 연락 피하거나 차단하지는 않았으면 좋겠다며 배웅을 해주셨다. 의외로 쉽게… 좋게 그만둘 수 있었다.

혹시 나에게 무슨 문제가 있는 건지 정신과 상담도 받아봤는데, 아무 이상이 없다고 했다. 그날 일이 나에게 문제가 있어서도 아니라니 오히려 더 귀신이 곡할 노릇이었다.

그렇게 알바를 그만둔 뒤엔 자격증 공부도 하고 게임도 하며 한 달쯤 지났을 때였다. 나도 슬슬 새로운 알바를 구하려고 하는데… 전화가 한 통 걸려왔다. 그 편의점 점장님이었다.

"점장님, 안녕하세요."

"응, 그래. 지호야 잘 지냈니? 부탁할 게 있는데, 내일 내가 가족들이랑 상갓집 좀 다녀와야 하거든. 혹시 내일 야간이랑 오전, 두 타임 땜빵 가능하니? 급여는 다 야간 급여로 줄게!"

사실 길게 고민하지 않았다. 돈도 궁한 상태였고 하루만 하면 되니까….

그렇게 다음 날 밤 10시에 야간조 출근을 했다. 해본 일이니 딱히 어려울 건 없었는데… 그동안 내 생활 패턴이 바뀌어서인지 조금 나른한 느낌이었다. 그래서 내 돈으로 에너지 음료 하나를 사마시기 위해 지갑을 가지러 CCTV가 있는 사무실 옷걸이로 향했다. 외투에서 지갑을 뒤적거리던 중이었다.

"딸랑딸랑~."

문을 열 때 울리는 종소리가 들렸다. 손님이 들어왔다고 생각해 고개를 돌려 CCTV로 매장 화면을 확인했다. 그런데….

매장엔 아무도 없었다. 아직 종소리가 울리고 있을 정도로 짧은 순간인데… 사람이 없다.

순간 오싹한 기분이 들어 매장으로 나갈 수 없이 몸이 굳어버렸다. 이전에 겪었던 일이 문득 떠올랐으니까….

나는 사무실 문에 달린 자그마한 창으로 밖을 내다봤다. 한 50대 정도의 중년의 남자가 카운터 앞에 서 있었다.

하지만… CCTV에는 그 사람이 없었다.

새벽 1시 30분…. 만약 다른 손님들이라도 들어왔다면 밖에 나가보기라도 할 텐데, 손님은커녕 지나가는 차도 없으니 미칠 노릇이었다. 나가지는 못하고 작은 창을 통해 카운터를 보고 있기를 한 1분 남짓….

그 남자는… 증발하듯 스르르 사라졌다.

그 남자가 사라지고 나서도 한참 동안 마음이 진정되지 않아 밖으로 나갈 수가 없었다. 다음 손님이 올 때까지 기다렸리기로 했다. 마침내 들어온 한 손님….

"딸랑딸랑~."

그 손님이 내 눈과 CCTV에 모두 보이는 걸 확인한 뒤에야 매장으로 나갈 수 있었다.

퇴근하려면 아직 시간이 많이 남았기에 정신을 차리고자 에너지 음료를 한 캔 마시며 잠시 생각에 잠겼다.

'내가 뭘 본 거지?'

그러던 중 무의식적으로 고개를 돌려 통유리창 너머 매장 밖을 바라보았다. 그곳에는… 조금 전 사라진 남자가 길 건너편에서 나를 바라보며… 깔깔거리며 웃고 있었다.

나는 아무것도 할 수 없었다. 그 남자의 시선을 피해… 몸이 굳은 채 서 있기만 했을 뿐이었다.

곧 새벽녘이 밝아오며 주변이 환해지고서야 창밖을 볼 수 있었다. 그 남자는 사라지고 없었다. 점장님과 약속한 오전 근무도 해야했기에… 해가 떴음에도 오들오들 떨며 근무를 마쳤다.

그 남자는 누구였을까?
혹시 점장님도 그 남자의 존재를 알고 있을까?
그날 이후 편의점 점장님의 연락이 오면 나는 줄곧 핑계를 대며 거절했다.

헌책방

– 제보: 서봉원 님 –

2007년, 내가 고등학교 1학년 여름방학 때. 당시에는 방학이란 말이 왜 있는 건지 도무지 이해할 수 없었다. 학기 중과 다름없이 계속해서 학교에 나가 보충수업을 들어야 했으니까. 그날은 장마철의 어느 하루로 비가 엄청나게 쏟아지던 날이었다. 1교시 수업이 끝난 뒤 쉬는 시간이 되자, 같은 반 친구 성현이가 나한테 와서 물었다.

"야, 오늘 끝나고 전과 사러 헌책방 갈래?"

성현이는 중학교 때부터 중고나라에서 물건을 사고 팔며 용돈벌이를 할 정도로, 제값 주고 물건을 사는 걸 아까워하던 친구였다. 헌책방의 존재를 어떻게 알았는지 모르겠지만 성현이가 말하길 학교 앞 문구점에서 1만 5000원 하는 참고서를 헌책방에서는 5000원 정도면 살 수가 있다는 것이었다.

"헌책방이면 다 헐고 낡은 책들 파는 곳 아니야?"

"책 사놓고 처박아두는 애들 못 봤냐? 생각보다 깨끗해."

일단 한번 가보자는 것이다.

그래서 방과 후 버스를 타고 헌책방에 가보기로 했다. 그날은 수업이 끝날 때까지 계속해서 비가 내렸다.

마침내 수업이 끝나고… 성현이와는 버스 정류장에서 만나기로 하고 집에 들러 답답한 교복부터 갈아입었다. 반바지에 슬리퍼를 끌며 빗길을 뚫고 버스 정류장으로 향했다.

도로가 쪽은 발목까지 물이 차오를 정도로 정말 비가 많이 내린 날이라 아직도 그 기억이 생생하다. 나는 성현이와 만나 버스를 타고 한 8~9정거장을 지나 H여고 앞에서 내렸다. 그리고 성현이를 따라서 어느 낡은 상가건물 지하 1층에 있는 헌책방에 갔다.

겉보기와는 다르게 제법 규모가 있는 헌책방이었다. 그날은 비가 와서 그런지 주인 아주머니와 우리 둘 말고는 아무도 안 보였다. 아무튼 나는 1학년 국어 전과를 찾아보겠다며 헌책방 안을 이리저리 둘러봤다. . 그러던 어느 순간… 책장 모서리를 지나 통로 중간으로… 비에 흠뻑 젖어 있는 여자애가 한 명 서 있는 것이었다. 나이는 내 또래쯤으로 보였다. 통로는 두 사람이 겨우 지날만

한 좁은 통로였는데 중앙에 떡하니 서서는 나를 멀뚱멀뚱 쳐다만 보고 있었다. 당연히 지나가는 사람이 보이면 서로 조금씩 비켜줘야 하는데… 그 여자아이는 가만히 서 있기만 했다.

"잠깐 지나갈게요~."

그런데 내가 하면 안 될 말이라도 한 듯… 독기 가득한 눈으로 날 째려보더니 슬쩍 비켜주었다.

그 순간의 느낌이 아직도 기억난다. 비가 많이 내려서 사방이 좀 습하고 꿉꿉한 느낌이었는데, 그 여자애를 지나칠 때 이상하리만치 찬 기운이 느껴졌다. 통로가 좁아서 닿을 듯 말 듯 지나쳤는데, 비를 맞아 체온이 떨어져서 그랬다기엔 너무 차가운 기운이었다.

조금 전 나를 째려보던 그 눈빛…. 싸늘하던 그 느낌이 기분이 나빠서 곧바로 다시 뒤를 돌아보았다.

그런데… 방금 전까지 서 있던 그 여자애는 어느새 사라지고 없었다. 그 자리에 물기만 뚝뚝 떨어진 물기만 남아있을 뿐이었다.

'어? 어디 갔지?'

그때까진 별 대수롭지 않게 생각했다.

나와 성현이는 각자 필요한 책들을 집어들고는 계산대로 향했자. 그러던 중 아까 그 여자애가 서 있던 주변과 책 표지 위에 물이 떨어져있는 게 보였다. 계산대로 가자마자 책을 올려놓고는, 주인

아주머니에게 말씀드렸다.

"아주머니! 저기 코너에요. 어떤 여자애가 물을 잔뜩 흘려놨던데… 책이 다 젖어있어요."

저는 책을 걱정했다기보다는 재수없게 눈을 흘기며 째려보던 그 여자애가 괘씸해 고자질을 한 마음이 컸다. 하지만 아주머니께서는 책을 확인하러 가지 않고, 살짝 당황한 눈빛으로 물어보셨다.

"누구…라고?"

그러자 옆에 있던 성현이도 거들었다.

"우리 말고… 누가 있었다고?"

나는 성현이에게 말했다.

"비 쫄딱 맞고 여기 돌아다니던 여자애 못 봤어?"

그러자 성현이는 뒤를 돌아 고개를 쭉 빼곤 이쪽 저쪽 살폈다. 그와 동시에 카운터에 있던 아줌마가 넌지시… 한마디하셨다.

"에휴… 또 왔네…."

"네?"

"아니에요~. 보자…. 이거 하나, 둘, 셋…. 다해서 1만 2000원."

책을 계산한 뒤 곧장 카운터에 있던 마른 걸레를 들고서 그 코너 쪽으로 걸어가셨다.

우린 곧장 우산을 챙겨 그 헌책방을 나오는데, 성현이가 내게 물었다.

"야…. 개소름 돋는다…. 너 장난 아니었던 거야? 너 귀신 본 거 아니야?"

"아니! 사람이던데? 귀신이 그렇게 분명하게 보일 리 없잖아."

"처음 들어갈 때 아무도 없었고… 나올 때도 아무도 없었잖아. 아줌마도 아무도 못 본 것 같은데. 지금 너만 봤다고 하는 거야…. 게다가 책방 문 열릴 때 종소리 울리던 거 기억나지? 우리 들어오고 나갈 때 말고 종소리 한 번도 안 울렸어. 우리 말곤 들어온 사람도, 나간 사람도 없다고!"

맞다…. 우리가 들어갈 때 분명 아무도 없었다. 누군가 들어오지도 않았다.

버스를 기다리던 중… 갑자기 성현이가 한마디했다.

"가만 생각해보니까 소름이야…. 분명히 '아까 또 왔네.' 어쩌고 하는 거 들었잖아. 이 아줌마 알고 있어…. 귀신인 거…."

구구절절 맞는 이야기라 소름이 돋았다. 만약 내가 본 여학생이 사람이었다면 나 혼자 봤을 리가 없었다. 그건 귀신이 맞았다.

당시 우리는 고등학교에 막 입학한 1학년이었고, 헌책방도 버스로 한참 가야 하는 곳이다 보니 아는 게 전혀 없었다. 하지만… 우리는 알게 되었다.

헌책방 바로 앞에 있던 H여고 학생들 사이에서 헌책방 귀신은 이미 유명했다. 비 오는 날 헌책방에 가면 귀신이 나온다는 소문 때문에, 여고생들은 비 올 때 절대 가지 않는다는 말이 있었다.

나도 그 뒤로는 굳이 비 오는 날에 그곳에 간 적이 없다. 그래서인지 또 다시 귀신을 마주할 일은 없었다.

수살귀(水殺鬼)

– 제보: 브로큰의피싱드라이브 님 –

국내에서 유명한 낚시 전문 방송사가 두 개 있다. 그중 한 곳에서 진행자로 있던 한 형님의 이야기다.

낚시 프로그램이 단순히 사전에 물색한 포인트에서 즉흥적으로 촬영하는 것으로 알고 있는 사람들도 있다. 요즘처럼 가볍게 진행하는 유튜브 방송이야 그럴 수 있겠지만, TV에 송출되는 방송의 특성상 철저하게 준비하고 촬영에 들어간다. 방송의 재미나 시청률을 위해서 진행자는 큰 물고기를 멋지게 낚아올리는 장면들이 필요하다. 그런 이유로 촬영을 위한 낚시 포인트를 선정하고 나면 사전답사 개념으로 미리 방문을 해보고, 지형을 확인하며 촬영 구도도 확인해보고 낚시도 직접 해보며 일종의 검증을 거친다.

그 형님이 사전답사를 갔을 때다.

새로운 촬영 장소를 찾던 중 고기가 잘 나온다고 하는 곳이 있어서 형님을 포함한 총 세 명의 남자가 현장을 방문했다. 현장에 도착한 세 사람은 도로 쪽으로 본부석을 세팅했다. 밤새 낚시를 하며 음식도 해먹고 휴식도 취할 요량으로 말이다.

형님은 방송의 진행자이다 보니 카메라의 구도, 고기가 있을 만한 장소를 모두 고려해서 자리를 찾기 시작했다. 그러던 중 본부석 건너편… 그러니까 물 건너편 절벽 아래로 딱 한 사람 정도 자리를 펼 수 있는 공간이 눈에 띄었다.

"저 자리 괜찮은데? 카메라에도 잘 담길 것 같고, 포인트도 썩 좋네!"

이윽고 형님은 장비를 챙겨 물가 건너편으로 향해 낚싯대를 펼쳤다. 그리고 같이 온 일행들은 본부석 방향에서 낚싯대를 세팅했는데, 물가의 폭이 50m가 채 되지 않는 거리여서 부르면 목소리도 쉽게 들리고, 누가 누군지 육안으로 확인이 가능한 거리였다.

어두운 밤… 풀벌레 소리를 배경음악 삼아 사람들은 각자 낚시에 집중하기 시작했다. 그렇게 한 2~3시간 정도 낚시를 하고 있는데, 깊은 새벽이 찾아왔다.

"산 밑이라 그런가? 이거 추워도 좀 너무 추운데?"

그때쯤 본부석으로 차가 한 대 들어왔다. 일행의 지인들이 놀러 온 것이다. 모두 여자들이고 한 사람은 한국말에 능숙한 베트남 사람이었다.

그런데 도착하자마자 그 외국인 여자분은 형님이 있는 방향을 바라보면서 소리를 쳤다.

"거기서 나오세요! 얼른요!"

"네? 왜요? 무슨 일 있어요?"

"그냥… 일단 조용히 빨리 나오세요. 얼른…!"

다급한 듯 나오라며 소리를 질러대니 일단 본부석으로 나갔다. 도대체 왜 그렇게 급히 나오라고 했는지 물어보니, 그 사람이 하는 말에 너무나 당황했다.

"오빠… 뒤에 여자 못 봤지?"

"무슨 여자?"

"바위 앞에서… 오빠 잡아서 데려가려고… 여자가 손을 휘젓고 있었다니까?"

이 사람은 실제로 종종 귀신을 본다고 지인들 사이에서 알려져 있었다. 그녀가 이어서 말하길… 여기서 조만간 사단이 날 것 같으니, 여기는 오늘뿐 아니라 촬영조차도 안 했으면 좋겠다며 잔뜩 놀란 눈으로 이야기를 했다.

그날 사전답사를 위한 낚시는 철수하고, 촬영 장소도 새롭게 알아보기로 했다.

이 이야기를 들은 나는 형님에게 물었다.

"형은 정말 아무것도 못 보였어요?"

"내 눈엔 아무것도 안 보였어. 근데… 이상한 건… 너무 춥고 싸늘하단 느낌을 받긴 했거든…. 어우… 소름 돋아."

그녀가 본 여자는 도대체 누구일까?

만약 정말로 그곳에서 촬영을 강행했다면, 그녀의 말대로 정말 끔찍한 일이 벌어졌을까?

헌옷수거함

− 익명 제보 −

2000년대 중반에 있었던 일이다. 우리 부모님께서는 절대로 남이 쓰던 물건을 쓰지 못하게 하신다. 중고나라나 당근마켓으로 물건을 사서 쓴다는 건 우리 집에선 상상할 수 없는 일이다. 그나마도 리퍼제품 정도가 아니라면 남의 물건에는 학을 떼는 집안이다.

이야기는 내가 중학교 때로 거슬러 올라간다.

당시 우리 집은 중산층에는 조금 못 미치는… 조금 부족하지만 화목한 가정이었다. 우리 집은 거실 하나와 방 하나 그리고 화장실이 하나 있는 작은 집이었다. 아버지는 내가 태어난 직후 자칫 죽을 수도 있었던 큰 사고를 겪은 뒤 후유장애를 겪고 있어서 일정한 직업을 갖지 못하셨다. 어머니께서도 밤낮없이 식당일과 청소일을 하시며 힘들게 나를 키워내셨다.

이렇다 보니 종종 주택가에 버리려고 내다놓은 멀쩡한 물건들을 집에 가져와서 쓰는 경우가 있었다. 하지만 남의 물건을 가져다 썼다고 해서 귀신을 보거나 이상한 일을 겪거나 하지는 않았다.

적어도… 내가 중학교에 입학하기 전까지는 말이다.

초등학생 때까지는 주로 거실이나 방에서 부모님과 함께 잠을 자곤 했는데, 중학교에 들어가면서부터 몸집도 커지고 사춘기가 찾아오면서 나는 문 닫고 방에 들어가서 자기 시작했다. 부모님 두 분은 거실에서 주무셨다.

그러던 어느 날이었다. 어머니가 집에 들어오시면서 나를 부르셨다.

"아들~. 잠깐만 나와서 이것 좀 봐."

어머니는 거실 바닥에 쇼핑백 하나를 내려놓으셨다.

"이거 한번 입어봐."

마음에 들면 다 입으라며 옷을 한가득 담아오셨다. 택이 있는 옷이 없는 걸 보면 새 것은 아닌데, 꽤 깨끗하고 입어보니 사이즈도 제법 잘 맞았다.

"괜찮은데? 근데 엄마… 이거 어디서 났어?"

그러자 잠깐 머뭇거리시더니… 일하시는 식당 단골손님이 입으라고 줬다고 하셨다. 교복 말고는 마땅히 입을만한 사복이 없던 나는 하나하나 전부 입어보고 옷장에 곱게 개놓았다.

그리고 그날 밤.
그날따라 깊게 잠들지 못했다. 잠들었다 깨기를 반복하며 선잠을 자던 중이었다. 방문을 열었다 닫았다 하는 소리가 두어 번 정도 들린 것 같았다.
끼익~ 탁!
끼이익~ 탁!
그 소리에 귀가 트이며 선잠도 달아났다. 이윽고… 또 한 번 끼익~ 하며 문이 열리는 소리가 났다. 눈을 떠 문 쪽을 바라보았다. 아버지였다.
"현수야! 네가 뭐 두드린 거니?"
"어? 아빠, 나 아닌데. 나도 소리 나서 깼어."
"뭐가 자꾸 쿵쿵거리는 소리가 나서 왔어. 아니면 됐어. 깨워서 미안해."
나는 아버지가 문을 여닫는 소리는 들었어도… 다른 쿵쿵거리는 소리는 전혀 듣지 못했다.

그 일을 시작으로 우리 집에선 기이한 일들이 계속해서 일어났다. 지금까지도 가장 기억에 남는 일은 그로부터 오래 지나지 않은 어느 날이었다.

여느 때와 같이 학교에서 돌아와 집에 왔는데, 방에 있는 장농과 옷장 문이 모두 활짝 열려 있었다. 그리고 내가 직접 개놓은 옷들이 방바닥에 잔뜩 흩뿌려져 있었다.

도둑이 들었나? 지금 생각해보면 어떤 정신 나간 도둑이 이런 별것 없는 집을 터나 싶지만, 당시에는 도둑이 든 것 같아 엄마가 일하는 식당으로 전화를 걸었다.

"여보세요~."

"엄마…. 엄마가… 옷장에서 옷 빼놓은 거야?"

"무슨 소리야? 내가 그걸 왜 빼냐…."

"엄마… 집에 도둑 들었나봐…. 옷이 다 꺼내져 있고… 장농도 열려 있어!"

엄마는 급한 마음에 가장 중요한 통장과 그나마 재산이라 할 만한 것들을 확인해보라고 일러주셨으나… 다행히 모두 그대로였다. 꺼내져 있던 건 오직 내 옷뿐이었다. 나는 몇 벌 안 되는 옷가지들을 다시 개어 옷장에 넣어놓았다.

그리고 불과 며칠 후….

그 당시 초여름이었고 우리 집엔 에어컨도 없었다. 더울 땐 내 방문과 창문을 활짝 열고 선풍기를 틀고 잤다.

그날 밤… 자던 중에 비가 내리기 시작했다. 자다가 빗소리를 듣고 깬 엄마는 내 방의 창문을 닫으려고 졸린 눈을 비비며 내 방으로 들어왔다.

엄마는 두 눈을 의심할 수밖에 없었다고 하셨다. 분명히… 아빠는 거실에서 엄마 옆에 잠들어 있는데… 어떤 남자가 장농 앞에 서서 자고 있는 나를 내려다보고 있었다.

"으아아악!!"

너무 놀라 비명을 지르는 순간.

쾅~!

방문이 쾅 하고 저절로 닫혔다.

그 소리에 아버지마저 잠에서 깨셨다. 아버지는 밖에서 문을 열려고 하는데, 마치 누가 문을 잠근 채 붙잡고 있는 것처럼 문이 열리지 않았다고 한다.

겁에 질린 엄마는 그 자리에서 엉엉 우셨다. 문 밖에 아빠는 문을 열려고 덜컹덜컹 힘을 쓰고 있었지만 문은 열리지 않았다. 그렇게 한 수십 초 정도 문이 전혀 미동이 없다가 갑자기 스르르 문이 열렸다.

엄마는 차마 불을 켜려는 생각도 못한 채 엉엉 울고, 아빠는 들어오자마자 불을 켰다.

장농 문은 활짝 열려 있었고, 누워서 자던 나는 식은땀으로 범벅이 되어 있었다. 하지만 그 와중에도 나는 전혀 기억이 없다.

부모님이 다급하게 나를 깨웠다. 일어나 보니 엄마는 울고 있고… 아빠는 토끼눈이 되어있고… 나는 어리둥절한 채 거실로 나와서 왠지 땀으로 흠뻑 젖어있는 옷를 벗었다. 그런데….

옷을 벗은 나를 본 엄마는 화들짝 놀라 다시 크게 우셨다.

"아… 아니, 얘 몸이… 이게 다 뭐야? 어머… 내가 못 살아…. 우리 아들 어떡해. 엉엉…."

옷을 벗은 내 몸에는 여기저기 시퍼런 멍이 들어 있었다.

엄마 아빠는 방문을 닫아버리곤 내일까지 방에 들어가지 말라고 하셨다. 이유를 물어도 아무런 답을 하지 않으셨다. 사춘기 시기라 영문을 모르던 내가 왜 들어가면 안 되냐고 하자… 부모님은 어쩔 수 없이 내게 자초지종을 설명해주셨다.

그날 일과 더불어 지난번에 쿵쿵 소리가 들렸던 일… 옷이 꺼내져있던 일들을 다시 이야기하며 우리 가족 모두는 공포에 질려 하룻밤을 지새웠다. 그 와중에도 하염없이 비는 내렸다.

그리고 다음 날… 정말 믿을 수 없는 일이 눈앞에 펼쳐졌다.

아침해가 떴다. 간밤에 무슨 일이 있든, K-중학생은 등교를 해야만 한다. 어제 그 일을 겪고도 나는 교복을 챙기려고… 어제 닫아놓았던 내 방문을 열고 들어갔다.

그런데… 그 하룻밤 사이… 아무리 비가 내렸다고 한들… 열려 있던 장농과 옷장 안에는 믿을 수 없을 만큼 잔뜩 곰팡이가 피어 있었다. 지금 그때 엄마의 표정을 떠올려보면… 엄마는 뭔가 알고 있는 표정 같았다.

그날 내가 학교를 마치고 돌아왔을 땐 곰팡이가 폈던 장농을 그대로 가져다 버리셨다. 그 자리가 텅텅 비어 있었다.

"엄마! 내 옷들은 다 어딨어?"

"미안하다, 아들…. 다 버렸어…. 엄마가 새로 사줄게."

"옷을 왜 버려! 엄마 돈 많아?"

엄마는 옷장에 귀신이 들려서 어쩔 수 없다고 하셨다. 평소 같았으면 아무리 엄마 말씀이어도 믿지 않았겠지만, 그동안의 경험을 떠올리면….

"오늘 식당 이모가 소개해준 용한 할머니 한 분 왔다 가셨어. 괜찮을거야, 이제…."

그 이후 두 번 다시 무언가가 들리거나 보이거나 하는 이상한 일은 벌어지지 않았다.

그 이후로 몇 년 간… 나는 친구들과 무서운 이야기를 할 때면 종종 그때 이야기를 들려주곤 한다.

"우리 집 장농에 귀신 들렸던 이야기 해줄까?"

그리고 시간이 흘러 내가 고등학교에 입학할 때… 엄마는 식당을 창업하셨다. 엄마가 10년 가까이 일을 나간 그 식당에서는 엄마에게 비밀 레시피도 전수해주고, 엄마의 창업도 물심양면으로 도와주셨다.

엄마의 식당은 순조롭게 운영되어 우리 집도 이제 안정적으로 살 수 있게 되었다.

그렇게 형편이 나아진 어느 날, 엄마는 그때 일에 대해서 알려주셨다.

"옛날에 우리 장농 들어내서 버린 거 기억나지? 그거… 다 엄마 탓이야. 지금 생각하면 그때 얼마나 참 힘들게 살았니…. 하나밖에 없는 자식 옷 좀 입히고 싶은데… 그땐 돈 한푼이 참 아쉽더라…. 그때 너 준다고 옷 잔뜩 얻어온 거… 사실 의류수거함에서 가져온 거였어. 하지만 차마 남의 것 집어왔다고 말을 못하겠더구나…."

당시 우리 집을 봐주러 왔던 무당 할머니가 이야기하길… 장농이나 집이 문제가 아니라, 저 옷에 귀신을 잔뜩 붙여왔다고 했다. 그게 엄마가 의류함에서 집어왔던 옷이었다.

지금도 우리 집은 예전에 넉넉하지 못할 때의 습관이 남아있어서 전기, 가스, 수돗물을 아끼며 낭비하지 않고 알뜰하게 살고 있다.

하지만 지금도… 아무리 비싼 물건이라도 주저없이 새 것만을 산다.

해녀 귀신

― 제보: 직접 청취 ―

부산에는 기장과 일광이라는 지역이 있는데, 그 근처에는 해녀촌이라는 유명한 관광지가 있다. 어느 날 밤, 부산 친구와 함께 차를 몰고 해변가를 달리던 도중, 친구가 갑자기 나에게 말했다.

"너 여기… 일광해수욕장에 해녀 귀신 나오는 거 알아?"

당시 부산 생활 3년 차밖에 되지 않은 데다 광안리에만 있던 내가 알리가 없었다. 하지만 무서운 이야기라면 사족을 못 쓰는 나는 무슨 이야기인지 풀어보라고 친구를 졸랐다.

친구의 이야기는 다음과 같았다.

일광 해녀 귀신에 대한 이야기는 실제로 과거 이 지역에서 해녀 생활하시던 분들 사이에서는 종종 회자되던 이야기라고 한다. 친구의 할머니는 오래 전 부산 일광 일대에서 해녀 생활을 하셨다. 일광은 넓은 바닷가 중에서도 해산물이 많이 나오기로 유명해서 해녀분들께서 주로 활동하는 위치가 있었다. 그러다 보니 그 부근에서 생활하시는 해녀분들은 모두 얼굴도 이름도 알고 지내는 사이였다. 당시 대략 여섯일곱 분의 해녀분들이 그곳에서 물질을 하셨다. 친구들이나 지인들도 오래 보다보면 체형이나 걸음걸이만으로도 누군지 아는 것처럼, 해녀들끼리는 해녀복을 입고 물안경을 쓰고 있을지라도 서로 누가 누구인지 다 알아볼 수 있었다고 한다. 심지어 바닷물 아래에서까지도.

그러던 어느 하루.
여느 날과 다를 것 없이 바닷가로 나가 일곱 해녀분들이 물질을 하고 계셨다. 그런데 그리 멀지 않은 거리에서 한 해녀가 헤엄을 치고 있었다. 하지만… 그 사람은 아무리 봐도 평소에 같이 물질을 하던 동료의 모습이 아니었다. 도무지 누군지 모르겠어서 숨을 쉬기 위해서 물 위로 올라왔을때 수면 위에 올라와 있던 다른 해녀들에게 그 낯선 해녀에 대해 물어보았다.

"내 옆에서 물질하던 여자가 누군지 아나?"
"뭐라카노~. 우리밖에 없었제!"

아무도 그 사람을 보지 못했다고 했다.

그런데 다시 물 아래로 내려갔을 때는 어디로 이동한 것인지 보이지 않았다. 그날 이후로도 한동안은 그 일곱 해녀 외에는 아무도 보이지 않았다.

그리고 며칠이 지났을까? 그날도 동료 해녀들과 물질을 하고 있었다. 그리고 숨을 돌리기 위해 물 위로 올라왔을 때… 동료 해녀 한 분이 이야기를 하더란다.

"여기 우리 말고 또 누가 왔나?"

"내는 못 봤는데?"

"우리 말고 또 누가 있노!"

친구의 할머니를 포함한 다른 분들은 모두 보지 못했다고 했다.

그런데 하루하루 날이 지나면서 다른 해녀들도 그 정체불명의 해녀를 차례차례 목격하게 되었다. 다 같이 입을 모아 말하길… 그 사람의 차림새는 영락없는 해녀였다. 다만 물속에서만 보았을 뿐 물 밖에서는 전혀 볼 수 없었다.

그렇게 그 존재에 대해서 궁금증만 더해가던 중이었다.

하루는 그 의문의 해녀가 다시 한번 할머니의 눈앞에서 물질을 하고 있었다. 그런데 뭔가 이상했다. 분명 할머니의 눈앞에는 여러 해산물이 널려 있는데… 그걸 채집하지 않고 다른 무언가를 열심히 찾고 있는 눈치였다. 다만… 한쪽 손으로만 힘겹게 더듬더듬 땅을 짚고 다니기에… 도대체 뭐 하는 사람인지 이번 기회에 확인 좀 해봐야겠다고 생각하고… 그 낯선 해녀의 곁으로 헤엄쳐갔다.

그런데…!

할머니는 그 해녀의 채집망을 본 순간 소스라치게 놀라 물 밖으로 나갈 수밖에 없었다.

"으으아악…."

그때 할머니의 눈에 들어온 건… 채집망 안에 물에 통통 불어버린… 형체만 겨우 보이는 손과 발 그리고 뼛조각으로 보이는 것들이 담겨 있었다. 최소한 손과 발 만큼은 의심할 여지가 없었기에 기겁을 하고 내뺀 것이다.

"아마 더듬더듬 하는 게 앞이 안 보여서 그랬을 거야… 수경 안으로 눈이 뻥 뚫려서 썩어 문드러져 있었어…."

까무라치게 놀란 할머니는 그 뒤로 한동안 앓아 누우셨다. 몸이 회복되고 난 뒤에 생업을 위해 바다에 들어갔지만… 한동안 그 해녀가 눈에 보이면 어떡하나 해서 오들오들 떠셨다고 한다.

할머니의 마음을 아는지 모르는지… 그 이후에도 심심찮게 의문의 해녀 귀신은 계속해서 목격되었다. 일광 해녀분들은 아마 어디선가 물질하다 죽은 해녀일 거라는 추측만 할 뿐이었다.

실제로 해녀 중에서는 죽는 사람이 종종 있었다고 한다. 전문적으로 교육을 받고서 해녀가 된 것도 아니고… 초보 해녀가 물 깊숙히 들어갔다가 호흡이 한 번이라도 꼬이면 그대로 저승행인 것이다. 게다가 운이 좋아 건져진다 해도 지금처럼 구조를 위한 연락망이 잘 갖춰져 있지도 않았을 테니까 말이다.

일광 해녀분들 사이에서는… 물속 어딘가에서 수습되지 못한 죽은 해녀의 혼이 죽어서라도 자신의 시신을 수습하고 있는 게 아니었을까 하고… 그 시절의 이야기를 전하셨다고 한다.

세월이 많이 흐른 지금도… 아직도 그 의문의 해녀 귀신은 일광 바닷가 밑 어딘가를 헤엄치고 있을까?